浙江少年文学新星丛书·第八辑

海 飞 主编

彩色的天穹

桐月六小童 著

浙江工商大学出版社

ZHEJIANG GONGSHANG UNIVERSITY PRESS

·杭州·

图书在版编目(CIP)数据

彩色的天穹 / 桐月六小童著. —杭州:浙江工商大学出版社,2022.1
(浙江少年文学新星丛书 / 海飞主编. 第八辑)
ISBN 978-7-5178-4799-1

Ⅰ. ①彩… Ⅱ. ①桐… Ⅲ. ①作文—小学—选集
Ⅳ. ①H194.4

中国版本图书馆 CIP 数据核字(2022)第003158号

彩色的天穹
CAISE DE TIANQIONG
桐月六小童 著

责任编辑	沈明珠
责任校对	李远东
封面设计	浙信文化
责任印制	包建辉
出版发行	浙江工商大学出版社
	(杭州市教工路198号 邮政编码310012)
	(E-mail:zjgsupress@163.com)
	(网址:http://www.zjgsupress.com)
	电话:0571-88904980,88831806(传真)
排　版	杭州朝曦图文设计有限公司
印　刷	杭州高腾印务有限公司
开　本	880mm×1230mm　1/32
印　张	69
字　数	1056千
版 印 次	2022年1月第1版　2022年1月第1次印刷
书　号	ISBN 978-7-5178-4799-1
定　价	448.80元(全九册)

作者简介

　　桐月六小童是诸葛老师桐月学堂小苍耳作文培训班的成员,他们分别是诸葛子誉、许路、曹楠、李珈伊、詹奇乐、沈雨洁。这几个孩子年纪相仿,写作能力突出,文笔优美。他们热爱写作,对写作具有很高的兴趣。诸葛子誉、许路、曹楠、李珈伊、詹奇乐、沈雨洁获省级征文一、二等奖,曹楠同学于2021年获得叶圣陶杯一等奖,李珈伊同学出版个人专著《碧蓝色的梦》。

桐月六小童

六个孩子和辅导老师诸葛建军的合照

内容简介

　　小说描绘了一男三女四个孩子的生活。他们是同班同学,在学校的生活中互相交织,互相打闹,互相促进,有生活的困惑,有调皮的快乐,有学业的探索,有生活的惊喜。暑假了,他们一起在乡下诸葛子誉的姑姑家过暑假。乡下生活对于城里的孩子而言是充满新鲜感、趣味性和冒险性的,他们用好奇的眼睛看生活,做了好多的傻事,也做了一些正义的事,给童年的生活赋予了很多的色彩,引发人们对童年意义的思考。

一个孩子，就犹如一辆蹀躞前进的小车，车轮碾过处，留下的是和他年龄相匹配的快乐和烦恼，会在每一个渡口、转弯处、街头和花园里，静静等待他，默默关注他，悄悄考验他，并一视同仁，从不缺席。

——诸葛建军

总　序
见字如你

斯巴福德在《小书痴》中写道，"有时候，一本书进入我们恰好准备好的心灵，就像一颗籽晶落入过饱和溶液中，忽然间，我们就变了。"而现在，在我们眼前展现的，是一群优秀的少年写作者的作品，稚嫩中有才华，笨拙中见灵性。

一本书，一本由孩子自己创作的书，给予我们更多的思考。文学创作本身具备的魅力正悄悄随着童年、少年、青年的自然生长期而萌芽、生长、繁衍。这种全新的生活体验，正与他们文字成长的速度同步记录和保存。我们感动于他们钟爱文学的热情，体察出他们因大量阅读文学作品而心灵丰盈、下笔生风，而由写作生发出的那种源自内心和诉诸稚嫩笔端的气息，更让我们为之动容和珍惜。真的，没有一个孩子的生活是一样的，哪怕写同一篇文章，也会有不一样的内容。《发现·世界》的作者周昊梵，在记录旅游时的见闻、和父母的亲子互动、校园难忘的经历以及对文学的思考中，就描绘了一个个美好而珍贵的周式童年缩影。但热爱文学，喜欢写作的孩子有一样是相同的，心怀美好，传递美好，想象美好，创造美好，生活和世界，均在此列。所以当一名中学生独自去到异国他乡，文学创作依然是她同行的挚友，徜徉于东西方文化碰撞下的生活环境，写下了记录留学生活的《一路行走一路歌》。"虽说世界庞大，却仍想在这纷扰喧嚣的人群中留下些许痕迹；即使文字稚嫩，也依旧想用真性情，执笔墨书写真我。"这是一直没有停下书写文字步伐的一然，作品第二次入选"浙江少年文学新星丛书"后，对文学最倾心的表白。

入选《浙江少年文学新星丛书·第八辑》的共15部作品，从内容来看，有纪实小说、国外留学生活记、个人生活旅行记、研学手记、语文单元习作的升级作品、小故事等。这些融合生活和学习故事的习作集，以校园故事、身边的人和事、父辈的追求、中国梦四大主题为主的年代感极强的作品、初具雏形的小说，让你看到一个同样的世界里不一样的心灵感悟。用文字记录生活，并没有写成流水账；想象性作品在现实基础上的对于这个世界的感知与想象既大胆又具有创新性；记录童年生活里的点点滴滴，有情怀有故事有功底，叙述平淡里有曲折，引用典故而能深发意味；习作有向作品的美好过渡和提升，有模仿痕迹但也有不同的见解。文章亦庄亦谐,亦古亦白,语言精雕细琢也有童真童趣;抒情大胆而细腻,感情恰到好处,收放自如,转折与衔接处也有刻意与盈润的笔触。比如同样是因为文学征文比赛而钟情写作的南皓仁、吕可欣,作品有各自不同的特色:南皓仁的作品《不规则图形》包含了多种文体,题材丰富多彩、文字成熟老练、想象力丰富;吕可欣在写作《春曦》时是用她的童眼去观察这个世界,用童心去感受身边的人和事,用童言来抒写她的感受。这里面有童真,童趣,有温暖人心的文字,更有来自灵魂的拷问。他们介入世界与生活的脚步有点快,又看得出有认真充足的准备,字如其人,是真的。少年的你,多少年后,你自己来读一读,还是全新的一个自我。真好!

我常常在想,到底是怎样的初衷,能让十几岁的少年,安静地将成长的行程一字不差地记录和感喟。他们所写的生活,有春夏秋冬里细心观察的所感所悟,有现代时尚生活的体验,有在长辈回忆的生活里的感叹和想象中天马行空的生活,最神奇的是,一个小物件都能写出各种不同的故事。少年行的《童真年代》一帧帧都是孩子们纯洁的童真年代的真实写照,是一曲曲质朴无华的童年之歌。桐月六小童的《彩色的天穹》里有孩子们处在乡村与城市之间的最真实的心灵写照与思考。《时光里》"镌刻"着时光少年的烂漫友谊和温馨童年的美好印记。《行走的哲思》里湖畔四少为我们分享了研学中的所见所闻、所言所行、所思所想，既有深入的对历史的剖析，又有对自然的观察与探索，文笔恣意洒然，未来可期。两三点雨山前用文字记录了她们生命中最初的美好，也记录了她们生命中最初的思考。短短的篇幅，回味绵长，或许真的能品出《时光的味道》。读《素心之履》你能欣赏到江南水墨长卷般的书生意气，乌镇、南浔、西塘……搂着这样的小镇，感受日日夜夜的人文沉淀的浑厚，那不是一场旧梦，是俗世烟火气息下一个个真实的自我。七八个星天外，以文字采撷遥不可及的历史，呈现的却是眼前的幸福与美好。

写作有起点，有创作方向，有个人的审美追求和价值观。当你的创作代表了人类社会大众的普遍方向，当你虚构的世界引起了人们的关注，当你描述的真实在隐喻和暗藏中悄悄生长，当你的文字，代表了一种生命物质……你会发现，很多事物都不一样了。生在杭州，长于钱塘的梁熙得，以一部《鼹鼠先生的春日列车》，将脑海里的奇思妙想，让人眼前一亮的妙笔生花全部装载。"以梦为马，路在前方。以写为乐，自由畅想。海豹，它有一片海洋。"这是多么自信的童年宣言！诸葛子誉的纪实型小说《稚拙的日子》用真实的笔触，写下了生活的经历和对生活的简单观感,勾画了一个稚拙有趣的童年。徐诗琪在《冒傻气的小红鼠》中更是塑造出了一个个性强,爱出风头,同时也富有正义感和责任感的孩子形象。樊雨桐写的城市女孩则个性独特,惹出一些啼笑皆非的事情,由此有了一段不一样的童年,细细感受《不一样的童年》,你也许会找到你童年里的不同和相似。小作者们在创作道路上的探索和追求,着实引人感动。

宙斯为了在广阔的宇宙中创造人类,与普罗米修斯进行了艰难的旅程。他们寻找黏土的途径到现在还是众说纷纭:有人说,他们是从色雷斯草原一路东行到小亚细亚,最后在位于底格里斯河与幼发拉底河之间的丰饶之地找到黏土;也有人振振有词,表示他们是南渡尼罗河,穿越赤道,最终在东非得偿所愿。不管经过怎样的跋涉和攀登,最后宙斯决定让雅典娜轻吹一口气,赐予这些成型的泥人生命。在时代的洪流里,我们坚持做这套丛书八年,其间的过程百转千回,在网络科技发达的今天,希望我们的坚持加上你们赋予这项事业的灵气给予我们追寻文学持久生命力的源泉。

有的作家,他写的作品就如一辈子精心于一类特殊工艺的手艺人一样,作品中有一种固定的地理,一种永远不变的时段,一直让人感觉是在童年时期。而青少年儿童自己创作的作品,并没有定型,但你也能看到很多类型、方向、文本的雏形,他们在模仿、在创造,也在改变,更在颠覆。不难发现,在阅读,无论电子书还是纸质书阅读,越来越快地改变人们的同时,读同龄人的书,由自己写出一本书已然成为一种趋势,曾经的少年不再是那一群只知道玩滑板、打篮球的小孩,也不再是抱着芭比、沉浸于cosplay、穿着洛丽塔的少女,他们正在以成年人的视角和语感诉说和表达对这个世界的看法和诉求。就像赵蕴桦在《灼灼其华》中所说:"我的作家梦,是从阅读开始的,阅读更广泛,更深入,写作热情就持续高涨。我期盼每个周末和暑假的来临,那样我可以走更远的路,赏更美的风景,考察更深厚的人文底蕴。我的作品是我小学毕业的纪念,未来,我期待着成为真正的作家!"如果你想了解少年们在想什么,最好的办法也许就是看看他们写下了怎样的世界,和对世界万物的看法。那些无法言说的都借助文字来喷薄,借由这个口子,架构了我们与他们之间的桥梁,希望,真诚的心灵交流与沟通,从此变得容易。

世界本来就很美,我们想方设法带给这些御风的少年一个美好的世界,而在他们眼中,美好的世界可以由自己界定,由写作与这个世界建立最好的联系,由此在成长的道路上哺育出更美丽的生命之花,何其有幸! 见字如你!

向所有看到这些文字的大人和孩子,致敬你们曾经以文字和写作创造的美好快乐的童年及世界!

海飞

2021 年 12 月

序 写出一个美丽的世界

六个孩子，一本小说，一个梦想。

我曾经在所任教的班级做过流动日记，尝试过连续剧创编，开展过活动作文，花精力指导学生做自己的博客，开展网络作文教学。我相信，总有一天，我可以让我的孩子们写出一部长篇小说，我想让孩子们知道：

只有努力，才能实现自己的梦想。在指导孩子们写作的时候，孩子们遇到过种种困难，比如：生活底子不足，就没有东西可写；写作方法单一，表现形式难免千篇一律；学习任务沉重，难免想到放弃……然而，这些困难，在我们大家的坚持下，孩子们从抓耳挠腮，到兴致勃勃，让我看到了努力的价值，坚持的美好。

我也想让孩子们知道，用心去观察，才能体会到生活的美。如果人们不仅能够执着地追求美，而且能够敏锐地发现美、自觉地创造美。那么，不仅他们自身会变得更加完美,而且整个社会、我们周围的一切,也都会变得更加完美。别林斯基说,在活生生的现实里有很多美的事物,或者更确切地说,一切美的事物只能包括在活生生的现实里。所以,我指导孩子们去观察生活,了解同学,了解老师,了解农村生活。我欣喜看到,他们的笔下,已经有了一种对生活的简单的思考,虽然幼稚,但它并没有因为幼稚就不是思考。而思考,是我们触及美的唯一的途径。

学会感恩,这也是我想告诉孩子们的。如今的物质生活相对富裕了,但是我们不能忽视精神境界的提升,如感恩学校,感恩父母,感恩老师。儿童小说,立足于儿童的生活,从儿童的角度看世界,体人情。孩子们的文章中,开始有了对家的认识,对长辈的尊重,有对社会的关爱,有了对自然的保护,这一切,都是因为有了感恩的心。感恩是一种处世哲学,感恩是一种生活智慧,感恩更是学会做人、成就阳光人生的支点。

张爱玲说,童年的一天一天,温暖而迟慢,正像老棉鞋里面,粉红绒里子上晒着的阳光。读着小说《彩色的天穹》,我的心间流动着暖暖的感动,这是一本让人品味童年的小说,书中记录的一些小故事,让我们回到了幸福的童年时代,不由喟叹:人生何妨再少年?书里记录了孩子们的种种"壮举",在大人眼里,或许是愚蠢而调皮的,但等到长大成人回首往事,正是这些构成了纯真的童年的每一个难忘的细节，童年也因此丰盈而让人留恋。

最后，我想对那些把写作当成苦差事的孩子说，写作是一次快乐的旅行，笔就是带你远行的工具。静下心来笔耕，不久的将来，你会发现自己拥有了人生最珍贵的宝藏，如农夫那充实的仓廪、黧黑的肌肤、温馨的乡野！

诸葛建军

2021 年 6 月 29 日

目　录

彩色的天空

皮猴小诸葛

生活在云端的命运宠儿有很多,他们的生活仿佛多姿多彩的童话,似摇曳在窗外的风铃,又宛如浓郁的热巧克力,总让人生出许多的遐想。在这种类似于甜美口红的生活里,就存在着一个另类生物——诸葛子誉。

人有俊,也有丑。说他俊吧,不得不承认:嫩豆腐般的脸蛋,一掐就能掐出水来。宽大的额头,浓浓的眉毛仿佛巍峨的山脉,长长的睫毛一扑一扑。初一看,像是一个女扮男装的邻家小孩。他的"丑",更胜于秀气的外表,缺点如斑点狗身上的斑点,就像一个手持利刃的天使,脱下好看的皮囊,就是一个超级小恶魔!

夏天去游泳,因为他水性不佳,屁股又经常被爸爸做上"记号",难得下水,只能穿个裤子在岸上抖擞。这时,他瞟一眼衣裳,嘿嘿一笑,诡异如巫神,开始批量生产坏主意。

同伴上岸后,找不到衣服,于是他贼喊捉贼,自告奋勇在鸟窝里找到一件,瓜棚里找到一件,同学对他感激不尽,他则享受着英雄般的追捧与捣蛋的快乐。

诸葛子誉在学习上也算不上"个子高"。

语文马马虎虎，能混个九十几，数学可就没那么幸运了，他像武功尽废的武松，始终攻克不下数学这只"拦路虎"。他看着在奥数场上疾驰的同学，不由心生幻想：我要成为狮子，成为最顶尖的掠食者，冲上去，把他们踩在脚下，让他们成为瑟瑟发抖的待烤的小猪仔。

每当诸葛子誉流着口水沉浸在幻想中，就会有人沉沉地低垂着眼，双手交叉在背后，目光阴郁地盯着他。诸葛子誉做完白日梦，用衣袖抹了一下嘴，在这个高大的背影下屈服，像一把生锈的柴刀，遇到石头，豁了。这石头，就是他的爸爸，诸葛老师。

小说里的爸爸太慈祥，感动天感动地。可他的爸爸，笔挺的西装，亮闪闪的皮鞋，一双小耳朵，小眼睛深陷在眼窝里的，大嘴巴倒挂着，天生不苟言笑。

爸爸身为校长，儿子一点也没有享受到什么绿色通道。爸爸一遇到烦心事，就会找小诸葛的麻烦，而且一找就找他的最忌讳的地方——让他做奥数题，犹如打蛇打七寸。对小诸葛而言，爸爸是领导，更是克星，而且是能克到他软肋的那种。曾经，诸葛子誉发誓：总有一天当了教育部长，一定要让世界上所有教奥数的老师下岗，让他们没饭吃，连低保也不给。这虽不是最恶毒的诅咒，但对于他而言，觉得很解气很舒畅了！每次说完，一甩头，做出一个酷酷的动作,然后长叹一声,拿出笔开始咬,直到眼睛把天花板看出几个"洞"为止。

而妈妈,像最柔软的臂弯,把他当成残疾人一般来养,把他头部以下的身体都浸泡在蜂蜜中,留下圆溜溜乌亮亮的眼睛、白净的脸蛋以及大大的耳朵,接受她暖洋洋的抚摸,以及可有可无装模作样的小小的训斥。

尽管诸葛子誉调皮捣蛋,常常捅马蜂窝,但他总在得到教训之后又活蹦乱跳,别人揭他的伤疤也不会冒血,最多咧咧嘴。在这点上,我不得不佩服他那比蚯蚓还强的修复能力。尽管他有点偏科,但他依旧在这个浩瀚的宇宙中,一点一点地努力着,朝遥不可及的梦出发;虽然他很迷茫,有时候甚至痛苦,不过嘴角总不会少掉那抹恶作剧般的微笑。

"长在新中国,活在童话中,我不要成长,我要快乐的童年……"小诸葛闪着快乐的眼眸,编织着童年的梦想。

妖姬李珈伊

"哒、哒、哒……"鞋后跟触地的声音由远而至,那么清脆,在走廊里扩散着,渐渐地,她走近了——李珈伊,我们的副班长大人。

她抬头挺胸,像一只天鹅,高傲地走着,那眼睛总是平视,好像这世界只有她,根本没把别人当回事。

她的一身,都是蓝色的:蓝色的裙子,蓝色的小短袄,连头饰都是蓝色的。那不同深浅程度的蓝色,配上她姣好的皮肤,你还别说,还真的有几分骄傲的资本。她被大家称为"蓝色妖姬",就是因为爱美,喜欢蓝色。

不过更称得上资本的是她的成绩。

按说副班长考一个一百是再正常不过的了。一个鲜红的一百打在了满是红钩的卷面上,好像是鲜花衬托在了绿叶里,分外显眼。这种特殊的美丽,吸引了很多的同学,一句句赞扬像战场的飞矢,又密又快,向李珈伊飞来。

"哇,你好棒哦!"

"哇,居然又是一百哦! 正班长才考了九十八分……"

一旁的许路则摆出一副坏人似的样子,翘着嘴不屑一顾:一百分有什么了不起,下次我也考一个,看你们这些墙头草有什么动静! 接着双手叉腰,轻磨腮帮,瞪大凤眼,里面似乎盛满了对墙头草的憎恨。

一次,李珈伊正准备离开位置,她甩甩头发,差点儿,一根头发丝就要甩到后座童哲的脸上。童哲条件反射似的,把头向后一缩,像乌龟缩头一样敏捷。

李珈伊转过身去,双手用力地向童哲身上一搭,差点就把他的身子拍散架了。接着便传出童哲一阵阵哀号:"哎哟,我的妈呀!"

她像个领导似的,声音沉稳:"嗯,躲得不错,除了会给我梳头的人,谁也不准碰到我的发丝。"她边说边把音调提高,一边还像只老虎似的耀武扬威,"不然的话,你懂的。"

童哲的手脚像地震一样抖动起来,那么迅速又那么剧烈。他心想:那么妖姬相的啊! 头发都不让碰! 一股寒流从上而下,慢慢侵蚀了他,恐惧充满了他整个身子……

下课了,李珈伊脚步匆匆,似乎要赶到哪里去。

阳光懒洋洋地倾泻,射到了李珈伊蓝色花边裙上,裙子在暖暖的微风中翩翩起舞,像一朵蓝色大花轻轻摇晃,把每一寸地域洒满清香。阳光直直地照在她左手的手环上,叮的一声,发出一闪一闪的光,每一次都那么耀眼,那么光亮!

这么一个妖姬一样的人物,是一个怎样的家庭培养出来的呢？

他爸爸叫李益，交警大队队长，公务繁忙，一回到家，你便能看见一个"家警"，有气无力地躺在沙发上——李爸爸连警服都没时间脱似的，躺在那。

他没有什么爱好，不抽烟，不喝酒，但是从世界杯开始后，每个夜晚，当你昏昏欲睡时，便会听见一个人的喝彩声："加油！好球！球进了！"

她的母亲叫姜梅子，是个权威的医生，望闻问切都是行家里手，可是却不会做饭，上得了厅堂，却下不了厨房。

你瞧，"呼——"，一股黑烟从厨房里飘出，像个会变形的魔鬼，一溜烟钻进了姜梅子的嘴巴，呛得她直咳嗽，接着一碗"美味佳肴"横空出世，而餐桌前，多了一大一小两个愁眉苦脸的人儿。

这户三口的奇葩之家总有很多的故事，只要能发掘，都可以从中享受到不少的乐趣呢！

乖女詹奇乐

此人姓詹，名奇乐，乖巧听话，默默无闻。就像叶子，只是静静地托着花朵，绽放着生命的绿色。

每当太阳露出笑脸，詹奇乐一家就睁开了眼睛。爸爸詹为民立即从床上弹起来，把衣服一抓，套在身上，接好热水，"唰唰唰"一洗一刷，赶快跑到厨房，猛地一开冰箱，从里面拿了三块面包和一杯冰牛奶。开门，正要走时，妈妈汪海平穿好了衣服，把头从房门里露出来，关切的目光抚摸着老公离开的背影，喊道："开车小心点儿！"

"噢！"，"咚咚咚"下楼的声音中加了一个含糊不清的声音。

妈妈洗好脸，到厨房里盛了两碗绿豆粥，再从定时电饭煲上层拿出两杯热牛奶、两份三明治和两个馒头摆在餐桌上，坐了下来，头朝詹奇乐房间斜了斜，叫道："宝贝儿，快点来吃早点！"

"噢！"詹奇乐从卫生间里走出来。哇！詹奇乐真是漂亮！一头长发油黑发亮，犹如涂了一层黑色的油漆。一双大眼睛扑闪着，载满了春天的生机和诗意。服装整洁朴素,整个人看上去就像春天刚刚盛开的带着露水的蔷薇。她轻轻地走到厨房,脚步轻盈优雅,宛如踏着桃花瓣在空中漫步。

詹奇乐一手搭在桌子上,一手移开凳子,悠悠地坐了下来,把粥挪到自己面前,拿起勺子,一点一点地吞下去。妈妈咬了一口面包,摸摸詹奇乐的头,脸上浮起两朵红云:"真乖!"詹奇乐低下头,脸红了一半。

但是詹奇乐的乖可让她没少受欺负。

一天清晨,詹奇乐踏着花朵的香甜,拿着奖来的钱正要去买东西。一个同学似一道闪电般出现在她面前,又以火箭般的速度从詹奇乐那"抢"走钱,冲到小店门前。那个同学转过头来冲她吐了吐舌头,说:"不还的啊!其乐无穷!"(根据名字而起的绰号)虽然事后,那些同学都会把钱还给她,但是他们喜欢看她呆着半天回不过劲的样子,那清纯如出水芙蓉的样子,着实让人觉得不可思议。她那份静静的,闪着月牙般晶亮的眼眸,给人留下不可忘记的印象。看着自己奖来的钱就这么被"抢"走了,她忘记反抗,只得低着头,嘴里嘟囔着:"就知道这么对我,贪吃。"她天生对班里的调皮男生有一种包容,哪怕牺牲了自己的利益。

风吹来,詹奇乐书包上的四叶草挂件叮当作响,水晶般透明的绿色叶子透着深邃的光。忽然,一个女同学跑过来,挡在她面前,像一只求宠的小猫一样可怜巴巴地望着她,说:"你那个挂件送我了噢!"

詹奇乐还没回答,女同学一下子解开挂件,一阵风似的没影了。

詹奇乐手向前伸去,嘴巴张着,正要喊住她,可是已经来不及了。

树叶哗哗作响,诉说着一个乖乖女的不幸遭遇。

冷美人许路

善良的天使在上天的指使下,带着丰厚的大礼,降临在多彩的人间,撒下一片美好。

许路,龙游西门小学五(2)班班长,就是上天带来的美好作品之一。

一头黝黑茂密的长发,在风中飞舞着,像一群在花中嬉戏的黑蝴蝶,若隐若现地闪动着、飘逸着。刘海正好铺在眉毛上边儿,似梳子的模子印在额头上一样,整整齐齐地铺在那儿。

许路的典型动作之一就是微整刘海。刘海时不时被风吹起,许路就轻轻地抬起手,把刘海往两边拂,然后继续做自己的事。刘海顽皮地一溜,又重新回到了眉毛上边儿,整齐地铺着。那樱桃小嘴一张一合,经常轻轻念叨着什么,就如无时无刻不在背书似的。耳钉扣在耳朵上,"叮"地放射出耀眼的光,如天仙下凡那一瞬的独特光彩。威严的目光中带着几分温柔,沉默少言,有些冷冷的,连笑也冷冷的,所以大家都叫她"冷美人"。

上天给予她一双魔手。

她的右手能创造出优美的词句，感受到独特的文采，有非同一般的韵味，因此她经常在省里获奖，有"小作家"的称号。左手戴着迪士尼的手表，四周镶着闪闪发光的钻石，黑色有一种神圣不可侵犯的威严。她穿着蓝白相间的连衣裙，如同一只飘飘悠悠的小蝴蝶，在如诗如画的花丛中飞翔，感受着独特的韵味。

每到这个时候，就会联想到与淡雅相对的性格——火热。她是个追星族，最崇拜韩国女歌星——金泫雅，《没有明天》这首歌是她的最爱。想不到温柔的外表下竟有一颗火热的心。

创造许路的则是母亲与父亲。

她的妈妈叫李芬芬，是名副其实的家庭主妇，可是有个爱美的天性，逛街、淘宝样样精通。对许路可算非常严格，动不动就是一堆参考书、奥数书，做得许路产生了"奥数恐惧症"。不过，妈妈也算是个韩剧迷，成天窝在家里看韩剧，弄得情感泪腺太发达。

哎，有了严格的老妈，老爸就落得清闲，不管不问了。

许赫，许路之父，建筑工程师，是同学吴益凡爸爸的手下，对女儿近似冷漠，不闻不问。父亲一天到晚板着个脸，跷跷二郎腿，拼命设计房屋。他的老板——吴益凡的老爸——就把鲜红的人民币"唰唰"地发给他。许赫每次就知道给许路几块钱，真像把她当乞丐似的。给完钱，他又钻到办公室,点起一支烟,把自己囚禁在烟雾中。

这样一个文静的女生,秀气、安静,那么冷冷地成长着,成了班级的精神领袖。

彩
色
的
天
空

小仓鼠事件

冬日的早晨,寒气一层一层地逼来,仿佛一吹来马上就要凝结成冰霜似的。雪花像一片片的鳞片,闪着光,落在梢头,慢慢地化开了。

"嗨！吴益凡,瞧！看我带啥来了?"诸葛子誉抖了抖黑色羽绒服,双眼中流露出无比兴奋的神情,墨绿的手套中一个不知名动物蠕动着。

童哲"嗖"地蹿了起来,大瞳孔一眨一眨地放射出金光,仿佛一匹在冬日捉到食物的雪狼那样,舌头在嘴唇外舔了一圈,问:"什么呀?"

"来来来！看!"诸葛子誉眉头往上一挑,神气地指了指墨绿色的手套,仿佛它是唯一的家当了。

四周的同学一窝蜂似的围了上来,挤在一块的脑袋,散发出一阵阵的热气。

"是什么啊?"

"诸葛,是吃的吗?""吃货"吴益凡问诸葛子誉。

"是变形金刚吗?""玩具控"童哲做出伸手要抢的动作。

"看!"诸葛子誉尽量压低公鸭嗓说,那声音仿佛是《白雪公主》里的巫婆,沙哑得让人浮想联翩。

"哇!送给我吧!"童哲屏住呼吸,想一把抓来小仓鼠,怜爱地抚摸它。他提高了二十分贝的嗓门,仿佛要让全世界都知道诸葛子誉带了一只小仓鼠。

一群人把诸葛子誉的位置围得水泄不通,时不时发出"天哪""哇咔咔"的奇怪声响,就像一个卖菜的老太婆突然成了个明星似的。

"老师来了!"吴益凡喊了一声,班里霎时安静下来,像猛烈的大火突然被扑灭一样,只听见班主任"吧嗒吧嗒"皮鞋发出的声响。

诸葛子誉眨巴眨巴黑豆般的小眼睛,高高的额头放射出金光,他抓起小仓鼠,轻轻地放进班长许路羽绒服的帽子里。一切都那么自然,所有的男同学都没有说话,只是会意地笑笑。

许路理理前额头的刘海,挺了挺胸,乌黑的长发在帽子上扫了一下,像只黑蝴蝶,惬意地飘着。

早操——

班主任乌黑的皮鞋"叮"地闪了一下光,秃着的头顶像个大灯泡,躬着腰,露出似笑非笑的表情。

许路缩了一下脖子,一阵寒风吹来,她感觉到了冷,整了整帽子,慢慢戴起——小仓鼠轻轻地蠕动着,蠕动着。

忽然,许路的身体僵住了,脸上的表情就像僵尸一样,随后发出了一声气壮山河的"啊——",惊悚的叫声直冲云天。她抓起小仓鼠,往前使劲一丢,结果刚好扔到了严海老师的脸上。

周边三个班的学生都围了过来。

主持早操的体育老师"镇压"了三分钟,才让队伍平静下来。

严老师瞪着一双眼,像铜钱一般大,火几乎都要烧上头发了!秃顶像个微波炉,"嗞嗞"地冒着油。

"你……你干吗要带小仓鼠来呀!"

"还放在人家班长许路的帽子里,你作孽啊!想死了,是吧!"

……

"去,写检讨,做《题海》!"

诸葛子誉的脸涨成了猪肝色,手捏着拳头,想说不,又好像天生就缺乏那样的勇气,只好头点得像小鸡啄米一般,颤抖着双腿悠悠地走向班级。

这次,诸葛子誉被严老师修理得如颓丧的小猫,应该不会再与许路"对阵"了吧。

智写检讨书

诸葛子誉走在胡同里,抚摸着墙上青褐色的苔藓,刺骨的寒冷令他打了个寒战。他低垂着脑袋,被汗水沾湿的额发遮住眼睛。

他的内心冷飕飕的,只有一名叫严海的"屠夫",举起明晃晃的大刀,朝木桶里的猪拼命嘶吼两个字:"奥数——"

诸葛子誉双手抱头,双脚慢慢挪动着,老爸阴郁地等着他呢!刚被严海宰,现在又要迎接老爸的考验。"哎!"三人一起重重叹气,血都要叹出来了,解决办法还没叹出来。

吴益凡压着自己的手,骨头清脆地响,平日里"冲冠"的头发,也如蔫掉的花茎一般。

而童哲,白眼一个劲向上翻,抱着手,踢着路边的石子,表面上若无其事,蜘蛛一般的汗水却爬满脸颊。

"有了!"诸葛子誉宽大亮堂堂的脑门突然重重一颤,乌云压顶的眉头也艳阳高照,他形态有些癫狂,依旧低着头,但时不时发出一两声小调:"雄赳赳,气昂昂,跨过老爸旁……"

诸葛子誉跨进家门,咽了口口水,把乱糟糟的头发用力往后拨弄几下，手上抓着的白纸大幅度颤抖，安抚了自己好几分钟，才叩开门。

爸爸拿着一叠作业本，一支红笔在上面批批改改，凝着眉头，噘着嘴巴，似乎并没注意到他。

诸葛子誉嘴一撇，心想：装什么思想者呀！你现在不应该拿着滴血的刀叉舔口水吗？但他依旧一脸献媚地把白纸递上去，说："老爸，老师让家长写一段最近孩子学习的评语……并……签名！"他说这段话的时候，心里还是在打鼓，不过心理素质好，诳语能说成真的一样。

似乎没有怀疑，爸爸"唰唰"写了几句，又还给了他。

诸葛子誉躬着腰，如获至宝地接过，呵呵傻乐着，轻手轻脚跨出房门。一出来，他似乎是被免了死刑一般轻松，整个人瘫在沙发上，举着那张纸，准备好好爱抚一番：

希望老师严格教育我的孩子。谢谢，您辛苦了！

诸葛建军

只要在这行字的上面，写上我的检讨书，一切 ok！哈哈哈哈哈，我真是一个天才啊！小诸葛眼睛贼贼的，似乎成了诸葛亮二世。

……

夜晚,月光的长袍披了下来,如丝绸一般。诸葛子誉蜷缩在床上,看着窗外的月光倾泻在冰冷的地板上,他伸手去抓,却抓不到,因为美好的东西总离他那么远,现实总是那么无奈苍白。小仓鼠,我差点被你害残疾了哦!

篮球与题海

"小仓鼠风波"还没有过去,又有一块石头激起了千层浪。

这天,一拨拨寒气面容狰狞地逼近,吹在人身上,刮在地面上,漾在空气中,留下了一道道冰冷的痕迹,又渐渐扩散,凝成了地面的雪,凝成了枝头的霜,凝成了河面的冰。

早读时,大家穿着厚厚的棉袄,哈出暖暖的热气,戴着软软的手套,一切都是那么其乐融融。门头上的悬冰也为之感动,滴答滴答地流下甜蜜的泪珠,落到地上,编织成了一朵朵纯洁的小白花,流动着,洋溢着。

"叮叮……"第二节课的下课铃声响了。

"下……"严老师挥着教鞭,张着嘴说了一个字,却见诸葛子誉捧着自己的新篮球,用眼神叫了两个死党,一溜烟儿跑出了教室。在他们眼里,铃声就是命令,命令一来就得下课。

出来的吴益凡、童哲把目光齐刷刷地投向那个篮球:表面富有光泽,上面印有球星乔丹的矫健身姿,一看就是新的,还没有被用过——哇,真正的牛皮篮球哦!

"试试？"

"试试！"

班里。

"啪啪啪！"严老师用教鞭在讲台上抽出三道印，接着又推推眼镜，说完刚刚要说的话："下节课还是数学课，体育老师因公出差。"

他像个魔术师，总有用不完的道具，只是他的道具不会给大家带来惊喜——转眼间，又一叠厚厚的试卷出现在他手上："下节课，考试！"

原本想去操场活动一下筋骨的同学们又一片唉声叹气，依墙的依墙，趴桌的趴桌，靠椅的靠椅，所到之处一片哀怨。

严老师就像一个牢头，只是他不需要手铐和铁窗，就让一群心要飞翔的学生服服帖帖了，这是"艺术"，艺术哦！

现在兴致勃勃的只有操场上小诸葛仨吧。

"嘭嘭嘭"，操场上发出拍球声、投篮声、脚步声，三步上篮，转身上篮，传球……那正是诸葛子誉。他们顶着纯洁的雪花，踏着松松软软的雪地，什么寒冷什么寒风，他们全然不知。这小小的球，让他们的心充满了柔软的快乐，忘记了那冰冷的试卷和杀猪刀一样的红笔，以及老师那张冰冷而充满期待的脸。

"叮叮叮……"上课了，严老师看着诸葛子誉、童哲、吴益凡的位子依然空空如也,上牙下牙不禁交错地摩擦起来,手中紧紧握着那根教鞭。

果然是有氧运动,不一会儿小诸葛三人便筋疲力尽,呼哧呼哧地喘着粗气,一缕缕白烟缓缓升上了天空。

忽然,吴益凡发现了什么不对劲:"这儿怎么只有三个人呀,这节不是体育课吗?"他抓耳挠腮。

另外两个像过路人似的东张西望,除了他们,还有残雪、落叶和天上偶尔飞过的发抖的小鸟,唧唧地哀鸣着冬天的冷。

诸葛子誉捏着一个大雪球说:"我们还是回去看看吧,没准这课又被占了。"说完,怄气地把一个捏好的雪球砸向篮板,篮板上留下一个雪球炸开的印记。

三人胆战心惊。缩头,提脚,跨步,探头……回到教学楼,走到教室的大窗下,童哲像太阳东升似的,缓缓地伸出半个小脑袋,向里头望了望,正当他想抽回来时,一个冷冷的声音融入了干冷的空气中:"进来!"

这俩字,冰冷,干净,沉重,像铁锤,在他们的心中砸出了俩坑。

三人弓着背,低着头,像小偷被抓了个正着,捏着衣角,怯怯地进了教室。

他们不是怕老师,是怕老师的惩罚:作业,做不完的作业。而且还没玩够,亏死了——暗暗想着,眼睛偷瞄了一下那张熟悉又严肃的脸。

"哈……呼……"严老师喘着气,这必然是暴风雨前的平静。

"你们三个'小死人',就是不想上课是吧?只会玩是吧?……不好好学奥数,以后就叫你考不上华茂……"严老师"是吧是吧"地一下自问自答,一下只问不答,语速堪比浙江卫视的华少。

诸葛子誉暗暗念叨"设问,反问,反问,设问",修辞学在这一瞬间被巩固了几十遍。

三个人被骂得狗血淋头,乖乖地坐回了位子上,正想动笔,试卷又不知被谁抽走了,"唰唰唰"——是严老师。

正当三人为不用考试而感到庆幸,同学也瞪着羡慕的眼睛时,三本自编《题海》重重地拍在了三人的头上,让三人差点昏了过去。

严老师丢下一句话:三天做完,不然再送一本《题海2》。

落日的余晖洒在三人的背影上,他们的书包沉了些,脚步慢了些。

怎么办哪?

这是个无解的疑问句——诸葛子誉暗暗念叨。三个女生朝三个男生看看,满脸阳光灿烂。

难道我们挨批,她们就那么开心吗?人品啊,人品——诸葛子誉默默念叨着。他们那颗盛满孩子天真烂漫的心,仿佛就是那下山的太阳,慢慢被沉沉的黑幕给吞没了。

第一场小胜

操场上的梧桐已经落光了叶子。太阳光照在秃秃的枝干上,不时滑落几片残雪,哗啦哗啦洒在树下。今年会下春雪,而且下了好多天,这在往年很少见。不过孩子们可喜欢这雪了,因为等了一个冬天都没有等到,春来了,却有了意外的惊喜。

雪很薄,很淡,很有诗意。

"你干什么啦!"树下传来争吵声,许路指着童哲,教训着。

李珈伊站在边上,用力地把他们分开。

这时,严老师走过来,咳嗽一声,这咳嗽是权威,是提示,是警告。

人未到,声先至,童哲和许路立刻停了下来,向老师鞠躬。

严老师扳着手,目光抚过许路和李珈伊,射到童哲身上,迸出一丝火星:"童哲,要和同学和平相处,吵来吵去有什么意思!男子汉要有男子汉的风度。风度,知道不? 快回班去!"

咳，成绩差的人，到底不被宠爱。"哼"——童哲暗暗哼了一声，走了。

回到班里，严老师走上讲台，那双粗糙得像没打磨的石头似的手按在讲台上，胖墩墩的脸上，原本绿豆点大的眼睛瞪起来泛着红色，声音里带着点沉重："今天，男生和女生又吵架了。我强调一下，没有友谊，空活百年，你们，要珍惜在一起学习的时间，知道不？长大后，最美好的回忆就是现在读书的年华，知道不？我们班级，要有良好的班风，才会有好的成绩，知道不？⋯⋯"

严老师一连讲了十几个"知道不"，下面的学生个个鸡啄米一样表示知道了。大家不太反感老师的"知道不"的教育，虽然已经听过几千次甚至几万次了，因为老师一开始滔滔不绝地教育，就意味着可以不做作业，可以不用考试，只要你表示臣服，并在脸上假假地涂上一层"聚精会神"的神情，严老师会因此而讲半节课，或者一节课。

呵呵呵，那是蛮爽的事情：挨教育少听课，无妨！

严老师讲着讲着，似乎意识到那些"鸡啄米"不是很真诚，忽然换了话题："今天定为'无争吵日'，谁违反了⋯⋯就看着办吧！"说完，带着如地雷爆炸般的脚步声，离开了。

老师一走，童哲马上跑到男帮老大——诸葛子誉那儿去了。他弓着背，嘴巴凑到诸葛子誉耳朵上，眼睛瞟着许路："老大，许路总是让我难堪，向老师告我的状！"

诸葛子誉点点头,嘴角露出一丝笑容,飘散着的那点点阴险气味——阳光见了都警惕地缩回笑脸。小诸葛的心里,有的是对付女生的锦囊,只要需要,抖抖脚,就能抖出来好几个。

午修课。

许路捧着一大堆作业,放在诸葛子誉座位上,淡淡地说:"交作业。"

诸葛子誉转过头去,看着同桌拼的笔盖战斗机,装作没听见,向同桌借"战斗机"玩。

许路拍拍诸葛子誉的肩膀,提高了声音:"交作业!"

诸葛子誉回头看了一眼许路,眼里充满了不屑,就像一位贵族看街边的乞讨人一样,抠起指甲来,说:"态度好点,无争吵日,知道不?"小诸葛学着严老师的口吻,说着还挥挥手,颇有严老师的神韵。

诸葛子誉那一瞥和嘲讽像是一根火柴碰到了导火线,引爆了许路,她深吸了一口气,捏紧了拳头,声音中都带着火药的气味,眼里迸出火星:"交——作——业!"

"什么作业啊?英语?语文?数学?科学?还是罚抄的?还是《题海》?嗯?"小诸葛说话慢慢悠悠的,拉长了声音,语重心长的,眼睛里充满闪烁的作弄人的快乐。

"你……你明知故问,你,交不交?"许路的脸都涨红了,她忘记了无争吵日的规矩。她跺着脚,甩着手,眼睛瞪着小诸葛,气呼呼的,想把小诸葛不剥皮就吞下去似的。

老师走过来,正好看见。严老师叉着腰,嘴角冒着火药点燃时的硝烟:"诸葛子誉!许路叫你交作业为什么不交?"

诸葛子誉亮出作业本,调皮地吐着舌头,瞥着身边的许路:"老师,我做作业了,只不过拿得慢了点。是许路仗着自己是班长,口气这么大!她好像忘记了您的'无争吵日'了。"诸葛子誉说完,脸上露出狡黠的笑容,把"无争吵日"四个字说得尤其强调,似乎对老师说,你自己看着办啊,是许路破坏您的规矩。

许路瞟了一眼诸葛子誉,觉得那笑容,简直就像地狱中的恶魔,让她的头皮丝丝发冷,忽然感觉有点后悔:我怎么就忘记了呢……这个诸葛子誉,他是设了陷阱让我跳吧?想着,感觉自己的冷汗要出来了,会不会给老师留下不讲道理的印象啊?

严老师转向许路,白了她一眼,眼神里填满了些许的失落:"好学生也有违反规定的时候啊?你让我如何一碗水端平啊?……许路太优秀了,她几乎没有缺点。"严老师暗暗想,就当作没有看见,晃晃脑袋走了。

许路瞥了一眼诸葛子誉,从鼻子里发出一声"哼"。

哈哈,诸葛子誉感觉心情好多了,虽然没有给对方造成实质性的打击,但是心里舒服了,这很重要。

是的,舒服,很重要!这是同学之间的战争法则。

答案的诱惑

　　李珈伊的爸爸妈妈和诸葛老师是好朋友,他们很忙,没时间接李珈伊放学。每天放学,李珈伊就到诸葛老师的家里,先做作业,再吃晚饭,然后回家。诸葛老师家成了李珈伊的课堂加食堂。

　　这不,学校的故事延伸到家里了。

　　"噔噔噔""吱吱吱"——楼梯传来呻吟,那是诸葛子誉背着沉重的书包往书店二楼进发。

　　楼板吱吱地响着,像被老鼠啃噬,又像下一秒就会被踩得倒塌。听这声音,似乎是一个一百八十斤大汉,一个小个子怎么能发出这样的声音呢?只有一个解释——刻意的。

　　雪白的灯光照亮了整个房间,一个熟悉的身影正在灯光下写作业,还是那高傲的、昂首挺胸的样子——是副班长李珈伊。因为妈妈的烧菜手艺太差,李珈伊便经常到诸葛老师家蹭饭吃,还把诸葛子誉的姑姑马屁拍得比山还大:"姑姑,您烧的菜太好吃了,比我妈妈烧的好吃一万倍。"

姑姑被拍得舒舒服服晕晕乎乎的,满脸的笑都能流下一大摊来。

诸葛子誉走到她后面一个座位坐下,放下书包,拿出作业。他怎么可能主动做作业呢?于是又东摸摸,西摸摸,屁股还没有和椅子亲近一分钟。

这时,李珈伊向四周望了望,慢慢弯下身子,手偷偷伸进抽屉里,拉出一张纸——是一张答案——接着快速放倒本子。

她抄参考答案?一边角落的诸葛子誉看得一清二楚,往日在心目中像山一般高大的形象轰然倒塌,取而代之的是残垣断壁。

"你……你竟然可以抄答案?"诸葛子誉张了嘴,显出一副惊讶和不可思议的模样,"这……这真是好事啊!"诸葛子誉显然有点儿兴奋,呵呵,副班长都抄作业,我抄一下也无妨。这些天来,他还担心抄作业被她举报呢。一种莫名的兴奋涌上心头,让他的瞳孔都放大了好几倍,闪着金亮的光。这无异于掉落水里的人找到了救生船,还有一个船伴,并且目标一致。这么想着,他小小的脸上熠熠生辉。

李珈伊什么也没说,好像抄答案是理所当然的事情。

这更加刺激了小诸葛蠢蠢欲动的心思:今天我的作业是数学报,那么多的作业,何时能完成?数学报也有答案,那么……哈哈哈,可是……不行,我不能抄!

此时的诸葛子誉想到了爸爸,想到了爸爸那可怕的眼睛,那眼睛里有诸葛子誉永远也读不懂的幽深内涵,这读不懂让他的心理产生了很大的障碍。可是答案的诱惑太大了,哎,怎么办哪?还是抄吧,反正李珈伊都抄了,又没人会举报,天知地知你知我知,哈哈!

看着密密麻麻的答案,诸葛子誉的心总是忐忑不安,犹如一只失去方向的鸟儿在黑暗中乱撞,那么无助,那么迷茫,想要走出那困境,却一步也走不动,仿佛灵魂都被禁锢了,只留下空空的躯壳和脑中的一片空白。

在纠结和抄袭的过程中,诸葛子誉最担心的事情最终还是发生了。

"唰——"一道光影闪过,那是妈妈,她怒瞪双眼:"你……你……你敢抄答案哪!你,给我滚!我没你这样的儿子!"说着,指着门外,大喝一声。妈妈的脸上是暴怒的神色,眼眶里满是泪水。虽然妈妈十分疼爱他,可是她没有想到自己疼爱的儿子,竟然会变得那么虚伪,那么的不诚实。

妈妈歇斯底里了,大声吼着:"我们诸葛家族还没有骗子,你想成为骗子是吗?啊?是吗?……"

在那一刻,诸葛子誉知道了,往日没有抄作业的时候,虽然作业多了一点,但是心里不虚,是那么多姿多彩,鸟儿飞,云儿飘,虫儿叫,似乎所有的东西都可以成为伙伴,可现在,一切都暗淡了。他明白了,抄答案是得不到什么的,失去的却更多了。

他忍不住了,豆大的泪珠划过脸颊,滴在地上,形成一朵朵的白色的小花。那花是洁白无瑕的,掉落的是他最后的幸福美满。如今,所有的一切都破碎了,所有的幸福都如泪水滴落在地上,不见了,只流下一摊水渍。

妈妈是多么宠爱她,渴望他也能考个第一名,也能让她骄傲地昂起头来,对别人说:"你看,我儿子也考了100分呢!"如今,什么梦都破了,妈妈是真的伤心了。在妈妈眼里,他已经无药可救了,那甜美的蜜罐子破了。

他内心是多么着急,每一分钟每一秒钟都像在尖刀上行走,但是同样没有人理会他——那个原本无邪的小孩为什么变成这样了?

第二天,到了学校,诸葛子誉恶狠狠地看了李珈伊一眼,说:"都是你害我的,我本来不抄答案的,都是你!"

李珈伊莫名其妙的,睁大了眼睛说:"你抄答案是我害你的?"

"还不是吗?你是副班长,你都抄答案,所以我才抄的。"

"哈哈哈哈哈……"李珈伊大笑起来,"我不是抄答案。我是做好了,结果做错了,爸爸允许我对答案自己研究呢。你可能误解我了吧?"

　　"啊?"此刻,诸葛子誉当场呆住,半天都没有回过神来,心里想:"你一定是许路派来害我的,以后看我怎么收拾你!"

　　如果用一个词语来形容小诸葛今天的状态,那就是:一地鸡毛。

爸爸的家法

天阴沉沉的，一朵朵乌云像无边的巨网，笼罩着大地。

这很像诸葛子誉此刻的心情。这阴郁的天气，笼罩着他的心，似乎夺走了他的灵魂，禁锢了所有的快乐。他思考自己得到了什么，失去了什么，两者无法对比，剩下的只有悔恨，只是没有悔恨药可以医治。

最为可怕的是，爸爸出差回来了。

"咚咚咚"，爸爸敲着书店的门，声音分外沉闷，像铁锤打在了木板上。

姑姑连忙开了门，说："今天怎么这么早，我的早饭都没有烧好。"爸爸以往都在早上七点到妈妈开的博雅教育书店里，七时十五分去学校。今天还没到六点半，他已经来店里了，姑姑感觉很奇怪。

但是，小诸葛不奇怪。爸爸肯定是听说了昨天的事，一早上过来算总账的，你看，平日里他最尊敬的姑姑问他话，他也只是在鼻孔的深处发出了一个简短的"嗯"字，犹如铁锤砸在了泥地上留下一个深深的坑，听得小诸葛魂飞魄散。

小诸葛连忙背起书包,想要出门去学校。

这时传来一阵如寒风般的声音,冷飕飕冰冰凉:"你,不用去班里了,待我办公室里。"爸爸像个陌生人,丢下一句话,就去厨房吃早饭了。

雨哗哗地倾泻着,最近江南一带的天好像漏了,据说很多地方已经在城市里看海了,大水淹没了很多的城镇和村庄。路边风华正茂的白果树,叶子被风雨打得很狼狈,像年逾古稀的老头,有气无力地在雨中摇摆着。此刻他的心情就如这雨天。要知道会落到这个地步,当初不如不抄呢!这李珈伊害死我了!严老师曾经说过:你所承受的生活,就是你自己努力或不努力的最好的安排。一语成谶,这"最好的安排"就是不能去班里上课了,而是待在爸爸的办公室,那个曾经自己最喜欢去现在最怕去的地方。

吃完早饭,爸爸开着他的车,小诸葛乖乖地爬上了车。路上,愁肠百结啊,怎么办?老招数吧!于是,小诸葛试探着和爸爸说话:"爸爸,你水杯没水,带来干吗啊?"

爸爸没回答。

"爸爸,你到杭州是学什么啊?"

爸爸还是没回答。

……

坏了!坏了啊!以往,自己犯了错误,不知道爸爸是否清楚,他都用这些小小的话题来揣测爸爸的深浅。今天爸爸不说话,那就意味着他很生气,后果很严重。这么阴冷的天,他感觉自己的额头像融化的棒冰一样了。

进入办公室,爸爸长叹一声,那声音里充满了悲凉和无奈。小诸葛知道自己被寄予了家族所有的期待。爸爸曾经告诉他,他是整个家族唯一的接代男丁,家族唯一的希望,是诸葛家族的继承人哦。爸爸毕竟还有一些传宗接代的老思想。

当时,爸爸说这些的时候,小诸葛只是当作故事来听,如今听到爸爸的长叹,对这些话的理解也深刻了很多。虽然,那些光宗耀祖的思想好像很狭隘,很落后,但是爸爸希望自己努力学习,有一个好前途,可是一点也没有错的啊。

爸爸说:"今天,你就在这,把这八份数学试卷完成了。具体时间你自己安排。"顿了顿,又说,"我不指望你考高分,也不再指望你考第一名,只希望你诚实一些。一个人连诚实都做不到,你还有用吗?"

爸爸的语气,爸爸的眼神,爸爸的动作,无不说明他的伤心,犹如一个长袖善舞的巨人,忽然被雷击了一样,他的所有的精气神儿都被小诸葛的一个不诚实的举动给打散了。

小诸葛豆大的泪珠变成了一道银光,贴在他的脸上。其中一小滴落在地上,就变出了一朵小花儿。他忽然明白,自己好像失去了很多,但是还没有失去爸爸和妈妈的爱。如果不爱了,那么爸爸妈妈就不会生气了。这么想着,一个调皮孩子的心,忽然灵动起来,他也忽然明白了羞愧是什么,丢人是什么,也忽然会把自己的思绪伸到更广远的地方,思考一下自己的未来应该怎么走,应该如何做。

放学了,下了大半天的雷阵雨停了。天边露出了好长时间没见到的阳光,从云层的缝隙间倾泻下来。校园被欢声笑语淹没了,就如欢乐的童话世界。

诸葛子誉经历了妈妈的呵斥,经历了爸爸的无声教育,经历了姑姑的哀其不幸怒其不争,得出了一个最朴实最简单的事实:我该好好地读书了。

不过,他能坚持多久呢?

夜的萤火虫

　　我们就像是一只只萤火虫，寥寥无几的光只能照亮自己前行的路，却无法点亮黑夜。我们是那么渺小，无论我们如何努力突围，也好像只能被沉沉的夜包围。

　　明天又要考试了，又有谁能盛载满心的愉悦，度过这一天又一天呢？就连平时像猴子一样坐不住的诸葛子誉，这次也乖乖地拿出语文书复习。若是他自己要复习，那就皆大欢喜了，在重大考试之前，哪个老师都不会让自己的学生四处游荡。

　　嘀答嘀答……手表的声音像风中的铃铛一样，清脆、响亮。

　　啪——忽然，传来书本合上的声音，接着就是放学的铃声响了——他一直在等待，总是能在铃声响之前未卜先知。在诸葛子誉的心中，生活像一把无情的刻刀，可以改变很多孩子的心灵，可以让很多的孩子失去往日的纯洁，可以让很多孩子只知道成绩的重要，却不能改变他那颗躁动、叛逆、期待、热烈的心。

　　落日的余晖落在他的身上，他感觉累了，也没有了那种天生的好动，就如一头懒牛，学会耕田后，无端觉得累，而这种累不是身体的累，是心的累。他还是不爱学习，他甚至经常问自己：为什么一定要读书呢？

他好像徘徊在枝头的小鸟，似乎在等待什么，期盼着什么，是那么的无助和孤单。他想要有一个有趣的童年，但是眼睛像被红布蒙着似的，让他四处碰壁，最后只得把所有的风华正茂掩埋在一片无尽的黑暗之中。

一只小小的乌鸦飞过半空中，留下几个无奈的黑点。小树们迎风婆娑，无力地站在夕阳之下，艰难地成长着，他们何时获得一个个风和日丽的春天呢？

回到家，诸葛子誉放下书包，像个面包似的，有气无力地躺在床上，闭目养神。他想要打开自己的心，但是心似乎被锁在了箱子里，而钥匙却在别人手里。这别人，是爸爸？是老师？是命运？是什么呢？他想不明白，只在脑子里留下一团混沌。没有了快乐的童年，日子变得索然了，好像只留下一个躯壳，有什么用呢？

这么想了很多，忽然甩甩脑袋，说："不想了，玩一会游戏吧。"就这样，他把自己给打发了。

夜，深了。

一家人沉浸在梦的缥缈中。一缕月光默默划过他的脸颊——他哭了。似乎是因为如诗童年的悄然离去，似乎是为了那美好时光的悄悄流逝……

窗外的柳树沙沙作响,好像也心事重重,那飞着的柳絮,犹如它们的心事,飞去了,又飞回。

一只萤火虫在夜空中飞翔,它是无助的,它只能选择自己的道路——在漆黑的夜色中飞翔。它只能照亮自己前行的三尺,却无法改变夜的厚度。

这只萤火虫,在这冬夜中,飞进了他的梦中。

纸条小风波

那是一只多么漂亮的玩具小乌龟啊！翠玉般的颜色清透发亮，绿豆般的小眼睛仿佛天空苍穹，闪着星星般的光泽。

童哲双手微微颤抖，口水在喉咙里滚动好几个来回，目光贪婪地在小乌龟身上扫来扫去，口水流成了一条脏兮兮的拖把布。

吴益凡看了他一眼，笑笑说："送你好了。"

"真……真的？"童哲还没等吴益凡回答，就已经把小乌龟捂在手里，左看右看，舍不得放下。

整整一节数学课，童哲都心不在焉的，空洞地张着个嘴巴呵呵傻乐。他把小乌龟用指尖挪到抽屉深处，轻轻地抚摸着。

童哲想起吴益凡的大方，不由心生惭愧，一声道谢的话都没说呢。他在便签上写了一句话："谢谢，我爱死你了！"然后趁老师写板书，朝吴益凡座位方向投了过去。

不料，郑彤嫌教室里太闷，打开了窗户，一阵东南风刮了过来，便签优雅地转了一个方向，落到了詹奇乐的座位上。

童哲心里一凉，手指关节开始发凉，双腿抖动，喉咙干渴，想喊什么却又喊不出来。那一颗玻璃心，瞬间碎成一地渣渣。

詹奇乐疑惑地打开纸条。詹奇乐不可思议地扭过头，手上紧捏的纸条飘落下来。她的头发像刺猬一样立了起来，五官扭曲在一起，一张俊美的脸蛋像是溺水一般涨成紫红色，紧接着，她用力抽了抽鼻子，眼泪一条直线流下来。一条、五条、十条……响亮的哭声震动所有人！

严老师走下讲台，拾起纸条，眼睛瞪得跟鼻孔一样大，鼻子歪到一边，愣是半晌没说出话来。

詹奇乐哭哭啼啼地说："是……童……童哲！"

严老师将所有怨气集中到童哲身上，眼睛就像两个钻头，直插童哲那颤抖的心房。

童哲这株娇小的植物也枯萎了。他垂头丧气地站起来，用细小的声音说："我没有……我因为那个……嗯，我又不喜欢她……抛错了……不不不，哎呀！怎么越描越黑了！我手贱，行了吧！"

严老师像拎小鸡仔一样把童哲拎到讲台边，边骂边喘气："你、你、你、你，你个小流氓！这么小就知道送情书，学习不好怎么办？考不上华茂怎么办？……怎么办？……"严老师吐出一大串话后，弯下腰扶着背喘气，他理了理头发，恨铁不成钢地说："你，小流氓！《春江花月夜》，抄五遍，不，十遍！"

只一句话，就这么一句话，严老师甩着手臂大跨步冲向诸葛老师的办公室。

詹奇乐用纸巾擦泪的同时，斜着眼，带着委屈与厌恶朝童哲一瞪。吴益凡诧异，他指了指詹奇乐，又指了指自己，摊开了手。全班同学不好意思笑，却个个憋着，捂住嘴巴趴在桌子上，肩膀一耸一耸。

在这欢乐中，有一个人无声地轰塌下去，那就是童哲。

功败于垂成

    童哲坐在位置上,耷拉着脑袋,趴在桌子上,像一条毛毛虫一样瘫在课桌上。他看着那首《春江花月夜》,眉头不知不觉地鹊桥相会了,脸像刚和好的面团被提着一角挂在空中,马上拉了下来。

    "唉!"童哲哀叹一声,嘟着嘴巴,心想:这诗人写那么长的诗干吗啊!手不嫌酸啊,他手不酸我酸呀!也不为以后要罚抄的人想一想!

    正当童哲准备一头撞死在抱怨的墙上时,诸葛子誉重重地拍了拍他的肩。

    童哲像触了电似的猛地一回头。

    诸葛子誉用调皮的眼神瞧着童哲,目光在他身上跳跃着,眉毛像烧烤架上的小鱼干翻面,一挑一挑地:"遇到困难了,是吧?"

    童哲眼睛里蒙着疑惑的雾水,点了点头。

    "需要帮助了,是吧?"诸葛子誉得意地抖抖身,眼里一地喜悦的碎金,闪着亮光。

    童哲像是一具死尸的灵魂又回来了,顿时"活"了过来,立即肯定地点着头。

"那我来救你吧!"诸葛子誉做了个超人的姿势,身上的每一块肌肉都因为自信而丰满起来。

童哲也附和着,双手衬托着诸葛子誉,眼里闪着崇拜的光,就像追星族看到自己向往的明星一样。

诸葛子誉把嘴凑到童哲的耳朵上讲了一通。童哲的耳朵立刻张得老大,眼睛里闪着喜悦的光,就像黑夜里几朵闪闪发光的小黄花。

"咯吱"童哲回到家,关上门,抬起脚,用力往后一踢,把鞋蹬了出去,把脚往拖鞋里一挤,金蝉脱壳似的把书包扔在沙发上,把书包的拉链一拉,抽出《古诗文》和小本子,"咚咚咚"跑到爸爸面前,拍拍爸爸的肩膀,眼里闪着期待的光,心里就像清晨粉嫩的花苞,期待绽开后的美丽。

爸爸把烟从嘴里拿出来,放在烟灰缸里点了点,烟草色的眼睛注视着童哲,目光仿佛蒙上了烟雾,缥缈、无神,随着嘴巴张开,嘴里冒出烟气,声音沉重粗糙,就像两块没打磨的石头放在一起摩擦时发出的声音:"儿子,什么事儿?"

童哲高举着本子,昂着头,挺着胸,就像得胜归来的将军一样。脸上,得意的金光掩盖住了因说谎而羞涩的红,声音就像两个铁块撞在一起,字字高亢有力:"爸爸,我要为考华茂做点准备,今天,我自觉把《春江花月夜》抄十遍!"说着,他把《古诗文》翻到《春江花月夜》这页。

爸爸看看那《春江花月夜》，又看看自信满满的童哲：眼里，从山雾一样的迷茫，变成中奖一样的喜悦；脸上，从泥土一样的焦黄，变成桃子一样的红润；心里，从干皱的烦躁，变成水润的清凉。他微笑着点了点头，笑容像一滴红墨水在身上蔓延开来。目光抚摸着童哲："嗯，不错，我儿子将来一定是国家总理！"

童哲听了，嘴巴都要拉到耳边了，快乐在心里膨胀得炸开了，分散开来，在身体每一个角落跳跃着。他笑了笑，得意地抖抖身子。

爸爸用嘴指了指桌子上的零花钱："你把那零花钱拿着，买点玩具吧！"

"好！"童哲拿了钱，一把塞在口袋里，飞奔下去，又走到妈妈面前，把本子亮给她看，稀里哗啦讲了一大通豪言壮语。

妈妈一把抱起儿子，在童哲脸上亲了又亲，比亲嘴鱼亲得还多，喜悦的甜水在心里不停地翻滚："儿子，妈妈明天就给你买一大堆零食，好不好？"

童哲像小鸡啄米似的不住地点头，一想到零食，口水就像长江水一样在嘴里翻腾。

忽悠完爸妈后，童哲开始罚抄。他看看那首诗，脸上露出狡黠的笑容。

第二天，童哲抽出作业本，一蹦一跳，像只小白兔似的跳到严老师面前，把作业本翻开，亮给老师看，正想闭上眼晴好好享受一下老师的表扬。老师绷着铁青的脸,把手一挥,丢下一句:"给班长。"

这句话像一块大石头从高空一下子砸在童哲心上:给许路?不要啊,许路她那么认真的人,肯定会发现的!完了!他的心好像忽然结了冰,一丝丝的寒意顷刻冒出来,然后从发梢飘出去。

童哲像一朵牡丹被放到了冰柜里,不一会儿就蔫了。他耷拉着脑袋,垂挂着双臂,像一条被抛弃了的流浪狗,失落地走着。他把本子扔在许路位子上,慢吞吞地说着:"老师让你批我的作业。"

许路白了一眼童哲,把本子拿了过来,打开《古诗文》,一字一句地对了起来。

童哲看着许路,一个劲咽着口水,心不停地跳动着,紧张得像一根绳子紧紧地捆住他的心,让他透不过气来。

许路看着看着,眉头越来越紧,愤怒的火光装在她的眼睛里,冒着逼人的热气。她一拍桌子,抬起头来,瞪着童哲:"你干什么呢!第一遍,你抄完整了;第二遍,你漏了四句;第三遍,你漏了八句;反正中间都是漏的,就一个头尾是完整的!你给我再抄二十遍!"

童哲张大了嘴巴,眼里,惊讶的碎片闪着亮光,眉头不觉又拧成一块,哀叹狂嚎一声:"天哪!诸葛子誉,你真的害死我了!"

成为小"砖家"

在小镇最阴冷潮湿的角落,稀稀的还残留一些雪,看上去灰色的,没有那雪的晶亮。寒冷的风似乎有眼睛,尽往大家的衣袖裤管里钻。一个乞丐半闭着眼,靠在满是刻纹的墙上,头发上、睫毛上、脸颊上,满是颤抖的冰晶。

李珈伊和小伙伴们说说笑笑地路过这条小街。她戴着红艳艳的手套,蹬着鹿皮靴子,穿着淡蓝色的长棉袄,双手捂住嘴,哈着暖气。当她走过那个乞丐身边时,停住了,倒退两步,怜悯地打量他。

苍白的发丝,脏得卷成一缕一缕的了,仿佛拖把布一般,浑浊的双眼,烟灰一般颜色的双唇,看上去营养不良。那满是小孔,宛如海绵的大鼻头,更似世界上最糟糕的木匠随便削的一块木头,安在脸上。他的下半身被一个脏兮兮的蛇皮袋掩住——难道,他没有脚?

李珈伊蹲下身子,试探地问:"你⋯⋯没有脚?"

乞丐微微点点头,古铜灰的皮肤仿佛没刷好的墙面。

李珈伊掏出钱放在他身边,半是同情半是安慰地说:"这些给你,会好起来的。"

她穿过冷清的小街,看着大道上衣着浮夸的男男女女,叹了一口气:上天对他不公,他永远也不会踏入那繁华的世界了。

"啊?太可怜了吧!"

"自己不努力,怨谁呀?"

"拜托你有点怜悯心,好不?"

许路裹了裹黑色风衣,耳钉在发丝中若隐若现,她撇了撇嘴,冷笑一声说:"吴益凡家有钱,你们去要,去!"

"对噢,可以找我爸呀!"吴益凡露出了笑脸,跑出门外。其他四个人也陆陆续续出来了。童哲想了想,一把拽住许路的衣角,连推带顶,边拉边扯,还口中振振有词:"还有你爸,没你爸这事也成不了!"经过一番商量,一个自告奋勇、令人崇拜的主意横空出世。他们,要用自己的手,创造一个奇迹,奉献一片爱心。

总经理办公室。

"好!好!既然你们不想白拿工资,我就介绍一份工作给你们!做好了,粉红色人民币就归你们了!哎呀,我这儿子,啧啧,真有出息!"吴益凡爸爸笑得心花怒放,大嘴巴张得跟河马似的,溺爱的目光像雨一样,温柔地打在吴益凡身上。

总工办公室。

"我得提四个条件:多吃饭,不喝饮料,按时睡觉,不玩电脑。"许赫工程师竖起了四个手指头。

五人点头,如锤子打在木头上,除了许路,她还不满先前五人对她的态度,坐在椅子上转啊转,抱着手一副无所谓的表情。

许赫扭过头,有点讨好地问:"女儿,你说呢?"

众人一起石化。

而许路,手抚着脸,无声地笑了两下,摊平了手,一脸爱莫能助地朝诸葛子誉一行人耸了耸肩。

诸葛子誉暗暗咬牙切齿:这个水帘洞里修炼的小妖女!她是有多阴!不过,为了他人,我牺牲自己吧!诸葛子誉拉下面子,可怜兮兮地在空中画了一个圈,做了一个拱手让人的姿势,意思是:你如果做了,什么都依你。

许路想了想,似笑非笑地微微颔首,随即仰起头,天真无邪地笑着说:"好的,爸爸!"终于征得总工的同意,许路跨出公司大门后,抱着手甩下他们。

这一行人,又路过那个阴冷的小街,却十目相对,不走进去。李珈伊低垂脑袋,心里重复着一句话:"他永远也踏不进这繁华的世界。"她扶着额头离去。

雪从李珈伊脚下飘落,纷纷扬扬的,非常漂亮。可是,他们似乎都没有注意到这些。

太阳攀上树梢,爬上山头,跳上云端,把阳光洒在雪地上,铺在小路上,裹在六个小屁孩身上。

透过那层层装备,看到那三男三女,原来就是许路、李珈伊、詹奇乐、诸葛子誉那一伙呀！他们要干什么呢？坏事？

闪亮亮的阳光下,李珈伊红色的手套、金黄色的护兜和蕾丝蓝绸水花点的口罩,在淡淡的雪中显得十分鲜亮美丽。而与其相反的是诸葛子誉,他全身雪白,白色的手套、白色的护兜、白色的风衣和白色口罩,上面露出一个用水彩笔手绘的矩齿形的张大嘴巴,看起来就像一个游客。

"去搬砖啰！"诸葛子誉叫起来,脸上满是星星,"咱们要加油,多搬点！ 不然——我画个圈圈诅咒你！"真是没有搬过砖不知道搬砖的苦啊！

"哈哈哈哈！"大家笑了起来。

李珈伊理理那一头油黑发亮的头发,一个清甜优柔的声音如一股清凉的山泉从她喉咙里慢慢流出来:"我们是小小'砖家',搬砖快如飞,搬砖快如飞,我们有个美好的梦想,帮助人们,施展爱心的魔力,让世界快乐无比……"嘿,还真不赖哦,"信口开河"可以用"信口编歌"来代替了哦！

"哇！ 李珈伊你太棒了,你的声音都要取代我心目中金炫雅的《没有明天》了！ 嗯……不过改一改会更好:我们是小小'砖家',我们有美好的梦想,帮助人们,施展爱心的魔力,让世界成为快乐的童话！"

"哇哦！真棒！哈哈……"

到了干活的地方，娇小姐李珈伊转了转手，转了转脚，就弯下腰，抱起一块砖，"哒哒哒"，踩着小红皮靴搬起来了。看来，她内心充满了帮助别人的快乐，脸上洋溢着幸福的花儿。

这时，一个声音传了过来："加油，大家动起来！为了改善残疾人的生活，为了给世界献一份爱心，为了让弱势群体感受到我们的爱！加油！"诸葛子誉两手呈喇叭口状，扯着嗓子喊着，手握拳，高举着，像长征时号角响起，红军战士举着手呐喊时的样子。

李珈伊摇摇头，叹息道："只会动嘴不会动手的料。"

童哲懒懒地打了个哈欠，像一百岁老爷爷一样一手扶着腰板，一手向下抓支撑点，缓缓地弯下腰去，掂掂哪块砖轻一点。

吴益凡身子向后倾，左手捶捶背，捡起一块砖，小跑着，口里喘着粗气，跟上李珈伊。

许路站在原地，看着地上的砖，皱起眉头，黑色的眼眸里闪着零零碎碎的光，忽然"叮"地一下亮了许多，就像在眼睛里装了个灯泡：我许路是班长，怎么能干这种活儿！人家领导人都是不干活儿的。对！我，就做总指挥吧！嘻嘻！

许路咳嗽两声，变戏法似的掏出一瓶牛奶，把吸管插上去,塞进嘴里,像公主般迈着优雅轻盈的步子,走到树荫底下,坐在一块石头上,手指着第一堆砖头:"李珈伊和吴益凡,把那堆砖搬了!"

李珈伊和吴益凡马上跑过来。李珈伊抱起一块砖,搬运着,眼神平静得像一缸没人动过的水,没有波澜,以前高傲的气质,就像老鼠见了猫,一溜烟没了,此刻的她,就像一枝梅花独自开在一个无人问津的墙角,默默地绽放。

"诸葛子誉、童哲、詹奇乐,你们搬那堆!"许路指着一堆更多的砖头,吩咐着,继而喝起了牛奶,独自徜徉在树荫和牛奶之间,美妙得像夏天躺在小溪中的世界里。

诸葛子誉不服气了,指着许路,眼里充斥着不满:"那你干什么?"

"总指挥呗!"许路笑了笑,调皮地吐了吐舌头。

……

忙碌了一个上午,两张百元大钞,还有一些散钱落在了他们手中。许路点着钱,心里像灌了蜜水似的,甜甜的,喊了出来:"268哦!"

"哦!"阳光下,六朵"花儿"绽开了笑脸。六个"娇二代"在这光荣的时刻,劳动的意义被珍藏在他们心灵中最珍贵的盒子里。

幸福却短路

淡蓝色渐渐在瞳孔上扩大,如天上的繁星一点点地闪着光。李珈伊棕色的靴子、深红的手套渐渐出现,后边还跟着屁颠屁颠的五个人。

六人的嘴角微微向上扬起,像蔫头耷脑的花朵得到了水的滋润,瞬间变得活跃起来。

李珈伊手里紧攥着一个小小的信封,面色红润,微微有些兴奋,靴子在砖头上发出清脆的声响。

李珈伊蹲下身来,浅色的围巾一起一伏,信封上湿漉漉的,那是兴奋的汗水。

乞丐一惊,用麻袋包住的下半身下意识地蠕动了一下,古铜色的皮肤上,汗水一点点渗出来,像一只只小青虫,慢慢从母亲产的卵里爬出来。

"你⋯⋯你们是送钱给我吗?"乞丐抹了一把汗,双眼中露出几分不安,睫毛一扑一扑,有些试探地问。

"当然了!"李珈伊深黑的瞳孔一闪一闪的,兴奋与期待如小芽儿似的蹿出来,给人一种无穷的善意。

"这可是我们辛苦了一星期才赚来的!"诸葛子誉的小

眼珠里射出莫名的自豪感,像被敌人紧逼的无名小卒突然得到了将军的拥护那样,提高了20分贝的嗓门。

乞丐的眼里仿佛隔了一层纱网,用手抓不住,却又看得见。莫名的惭愧奔涌而来,像用水泼玫瑰花,无法收回,无法享受淡淡的幽香。他想收下这份天赐的大礼,去过几天潇洒的生活,又无法去接受孩子们天真无邪的童心与善良。他几乎要崩溃了,站在无底的深渊边缘,就差一个人将他踢下去,摔个粉身碎骨。

李珈伊一行人悄悄地走了,留下那个沉甸甸的信封,把背影留给沉思的乞丐。这一切都如一场碎梦,玻璃碴子散落在四周,无法拾起它们,重新拼成完整的梦了。

午后。

"李珈伊、童哲、吴益凡、诸葛子誉……你们六人可真是为学校立了大功,这么小,就能有这样的善行,不简单啊!"吕立校长躬着腰,托了托眼镜,把他们六人的脑袋逐一摸了个遍,说,"你们做的,可真不错啊……"

六人被夸得心花怒放,双眼放射着金光,口水滚过喉咙,发出"咕咚"一声,贪婪……

"嗯,这事做得不错,但是——"严老师接着吕校长的话继续说,"但是"一出口,像给六人的头顶猛的来了个晴天霹雳,正好击中穴位,"你们知不知道呀,要注意安全!你们这样私自参加社会实践活动,万一出了事情,那是对你自己不负责,是对你爸爸妈妈不负责,是对老师学校的不负责,懂吗?你们不是属于自己的,是属于大家的!责任,懂吗?……"

严老师像一只公鸭子,撅着屁股,滔滔不绝地念叨着,使六人如颓丧的小猫咪,耷拉着脑袋,嘟着嘴,一个劲儿地翻白眼。

诸葛子誉嘟囔了一句:"为了安全,你把我们关进笼子得了。"幸好严老师没有听见,他还沉浸在自己的"知道不""懂不懂"的演讲中。

六人被唾沫星子教育得四肢发软时,晴天霹雳又当头一棒。夏佳俊,那个多嘴婆匆匆忙忙跑来,说:"你们还去帮那个没腿儿的乞丐?我告诉你们,他家住豪宅,有手有脚,还会打棒球哩!"夏佳俊家的小区,正好是这个"乞丐"的家,原来,他们遇到了"职业乞丐"!

郁闷。

这难道是真的吗?这究竟是为什么呢?他们小小的头颅里,充满了雾水,他们在里面,已经分不清楚上下、南北和东西了。

上帝总在这时,让幸福短路,让童心溃烂,让幸福埋在土里,让大家的辛苦消失了。

也许,这就是成长!

期末如梦魇

铃声响起——这是让人欢喜让人忧的铃声。忧，是考试了；喜呢，就是长长的暑假要来了！哈哈哈，暑假真的就要来了，可以数得清还剩几个小时喽！

决定自己暑假是否幸福的期末考试如期而来。

"诸葛子誉，别抄我的哈！"许路理了理刘海，睫毛一扑一扑的，在"三八线"上叠了两个口风琴——这是一道防止作弊的万里长城！

诸葛子誉的小眼珠"滴溜"一转，开始批量生产坏主意，咬着一支笔，跷跷二郎腿，嘟着嘴，仿佛要将天花板看穿几个洞。

"扑通！"广播发出一声响，就像提醒我们迎接死神的致命一击。

"哎呀，昨天……昨天好像在打游戏呀！完了完了……"小诸葛这才如梦初醒，像被热油烫伤的孩子，惊悚地叫着。对了，许路肯定复习了，嘿嘿。他转念一想，往下耷拉的双眼像被夹子夹起来一样。

数学考试，开始。

许路从笔袋里翻出一支笔，把笔盖插在头上，用双眼扫视了一下白纸黑字的试卷，捶了捶手，轻轻地叹了一口气，双眼中透出几分无奈。接着，就像一位农民，辛苦地为豆地锄草，为水田插秧。刘海齐刷刷地倒扣下来，一抖一抖。她反复琢磨着每一题，时不时抬起头，像一只凝望夕阳渐渐下落的小雏鸟，等待着，徘徊着。

小诸葛一瞟试卷，"空写"了几个数字，撇撇嘴，用笔头顶着下巴，痴痴地望着天花板，用胳膊撞了撞许路，指指修正带。许路甩了甩头发，像在"题海"中奋战的人，想冲淡头脑中的一切记忆。

一刹那，小诸葛瞟到了第一题的答案，嘴角往上一翘，溜过一丝奸诈的笑容，接过修正带，又"空滑"了几下，迫不及待地写下去，像意外捕获雪兔的豺狼，兴奋、奸诈。

选择题的答案像一条蜿蜒曲折的山路，又长又多。他唰唰几下抄下答案。又咬着笔头，把第3题的B改成A，第4题的C改成B，像个无知的少年，边抓耳挠腮，边在试卷上乱改乱涂。

坐在小诸葛正后方的詹奇乐，全神贯注地盯着试卷，水笔唰唰地抖动着，丝毫不放过任何一题，像牧羊犬的义务那样——誓死杀敌，保卫羊群。

铃声在空荡荡的死神般寂静的教室中回荡。"唰啦啦"试卷上交的声音响彻云霄。

小诸葛哭丧着苦瓜脸,肌肉一耸一耸,耷拉着脑袋,趴在桌子上直勾勾地盯着前面,嘴里一直念叨着"还有几题没做,还有几题没做……"活生生一个魂游万里的人。

语文考试席卷而来。

小诸葛如一只乌龟,伸头,缩颈,往左边一瞟,往后边儿一转,半天才凑出大半张试卷。一看到作文题目和密密麻麻的格子,就吓得手脚冰凉,双手如筛糠的农民,抖啊抖。

铃声戛然响起,像一支安静的队伍中突然出现一个扯着嗓子呐喊的人。

结果可想而知——离题,作文分全扣了!

拯救世界的超人来了,英语考试救了小诸葛。他跷跷二郎腿,听听力像在听轻音乐,易如反掌。

漫长的考试旅程结束,让分数随风飞一会儿吧!

一切都是浮云——小诸葛念叨着,可是内心颇不平静,像一个被推上审判台的囚徒:暑假,是无期徒刑,还是有期徒刑呢?最好,是缓刑。想着,甩甩头,像是甩去了所有的烦恼,唱着歌儿回家去了。

晚上。

"考试是大人折磨小屁孩的工具,我们是反击大人的完美武器。"夜晚,小诸葛在日记本里写了这样一段话。苍白的月光照映在冰冷的窗棂上,照映在他无奈的脸上,显得惨兮兮的。

真文艺,文艺得让人伤感。像某小说中灰蒙蒙的巴黎雨季。期末考试后的小镇,宛如一条食人鱼,四处游荡着,散发出一种惴惴不安的腐败的气息。

晨光熹微的早上,公鸡还在刷牙洗脸,房门"吱呀"地呻吟一声,诸葛老师看见一张瘦削的小脸探了进来,声音仿佛毛爪子刮过挡风玻璃一般:"爸爸,问你一件事。"小诸葛的双手在胸前摩擦着,脚一步步往前蹭,脸泛着红晕,像一个偷吃糖的孩子。

"我考了几分呀?"

诸葛老师抬起眼睛眯了他一眼,像是打量犯人一般,不咸不淡地问了一句:"怎么,你考得很差?"

"没有没有!"小诸葛摇了摇手,随即低下头,脚底像涂了润滑油一般,跑出房门,脸像一只煮熟的茄子,成了烂紫色。

此时,诸葛老师的手机上发出沉闷的提示音,他待在那儿,如果人体可以透视,你可以看到,他的血压像一只夏天的计温器一般,急速上升。因为显示屏上清楚地写着:诸葛子誉,语文70分,数学91分,英语100分。

诸葛老师感觉自己像一杯盛满血的酒瓶,被人狠狠地砸在地上,碎了,发出空洞的回响,赤红的血汨汨流着,浸湿地面。

"诸葛子誉,你给我过来!"那是小诸葛妈妈的吼叫,那苍白的吼叫中,是落寞,是哀伤,是无奈——只有一个儿子,又拿他有什么办法。但是,不吼一声,似乎不能代表她瞬间的失落。也许,过几个小时,那胖乎乎的妈妈,还会像喂小猫咪一样:"宝贝,过来。"

而许路妈妈,接到了女儿只考了95、97、93分的消息后,将手机"啪"地摔在沙发上,紧接着,熊熊大火开始从她的脚踝一寸一寸舔上去,她的人形都扭曲了。

所以,许路在休业式时,耳朵上没有了那一对硕大耀眼的珍珠耳钉,只剩下两个黑漆漆的洞,眼眶也没有了往日的清澈,而是龙卷风般的浑浊。

其他两名平时成绩优异的女生詹其乐、李珈伊,泪珠如同两条长长的过桥米线,自始至终都不敢抬头,泪水从肿胀发涩的眼眶,一点一滴掉到了裙子上,晕染开来。李珈伊抬起空荡荡的手臂,抚摸了一下散乱的头发。她的手上没有了那一串会清脆欢笑的铃铛手链,头发上也失去了那一抹蓝色,只有死寂的黑。

而詹其乐,不想说一句话,一节课始终木木的,也没有了笑容,像是参加葬礼一般。

"我们都是新世纪的小主人,应该有自己的主见。我们要做一个既有传统情怀,又有现代精神的新时代公民……"广播里又是吕立校长的声音,同学们冷笑一声,我们什么都没有了,还谈什么主见……这个世界真有趣啊,什么小主人,什么新时代公民,都没有,有的只是人心,那颗追求成功,追求分数的心。

窗外,不知何时下起了雨。回家路上,小诸葛心情好多了,因为又可以和妈妈说:"妈妈,班长和副班长也考得很赖噢。"

这话的意思,妈妈懂的! 不过,暑假不会好过的——小诸葛已经习惯了,死猪不怕开水烫,他无所谓地甩甩头发,留给世界一个潇洒的背影。

头疼的暑假

时间在吵闹、作业、游戏、考试中,悄悄地走完一个学期,暑假真的来了。

许路用左手撑着脑袋,嘟着嘴,闪亮亮的耳钉在耳垂上一晃一晃的,瞪着天花板上一下一下地转的风扇:"哼,又要去学奥数,烦死啦!"心烦意乱的许路坐在房间里生闷气。

"喂,李珈伊,我是许路,你暑假干什么呀?"她一手托着下巴,一手拿着电话,有些气愤地问。

"讨厌,我要去学所谓的思维训练,烦死了!"李珈伊的大嗓门在电话中响起。所谓的思维训练,其实就是奥数的别名,也不知道是谁创造发明出来的。我们的老师真是有神奇的本事哦。

"你也要去培训呀!很烦吧,我不想去耶!"

"嗯,很烦很烦!"

"要不我们反抗!"

"好!"

"那我们几个就统一一下说法,就这么说……"许路的脸上露出了笑容,如春花般灿烂。有了几个同盟,人多力量大,看老爸还能拿我们怎么办!哼!

灯火阑珊处,白莲饭店里。

"许赫,你女儿是不是不想去学奥数、语文、英语啊!"詹奇乐老爸夹起一片鱼肉,边往嘴里送边说了一句。

许爸爸的双眼放射出金光,手上的烟抖了抖,一个劲儿地点头,像被控制了的机器人,重复做一个动作:"你怎么知道啊?该不是我家鬼精灵和你家女儿通气了吧?"

"谁说不是呢? ……咳,咱们今年还得逼她们学,必须学! 马上要六年级了啊,再不学,考不上华茂怎么办?"李珈伊的爸爸灌了一杯酒,双眉紧蹙。马上要毕业了,平时不太管女儿,如今忽然感觉"狼"来了,要管管孩子,不然会后悔的哦。

詹爸爸坐在一旁,没说啥话,就是不住地点头,好像对他们的意见没有任何其他的看法。在他心里,孩子读书是天经地义的,没必要和她们商量,平时对她们百依百顺,但是在读书的事情上必须无条件服从。

"坚决不学!"坐在一旁的三个女孩,挑了挑眉头,异口同声地嚷道。她们的眼珠里放射出坚定的光,仿佛要一口吞噬了这个世界。暑假,是假期,不是补习期。他们渴望暑假,但是又害怕暑假,不,是害怕暑假被大人们瓜分了。

鱼肉一片片地浮在油面上,整齐得如一列队的士兵,茶杯里的热气慢慢往上飘,又渐渐消失。整个小房间雾气腾腾的。

三个老爸拧着眉头,呆呆地看着往上飘的热气,不住地叹气。

詹爸爸说:"现在的孩子,也真可怜哦。想当年,我们小时候,水田里捉泥鳅,山上摘桑葚,那是多快活的童年哦!"

"是啊,是啊,你知道吧,我们那所学校有一个传统项目,放学后'打架'——在三岔路口,三个村的小孩子,拿着田里的泥巴团,呼啸着互相砸……"许爸爸眉飞色舞。

"爸爸,不怕砸死人啊?"许路满脸的诧异问。她想,他们的老师为了安全,几乎想把所有的户外活动都取消,春游秋游只在广场,而操场上的单杠双杠也被无情地切割了。安全,似乎是剥夺所有孩子快乐的紧箍咒呢。

"没有啊……哎,也奇怪的哈,那时候不管怎么玩,邻近十里地还真没说孩子被砸死,游泳被淹死之类的哦!"许爸爸说。

李爸爸说:"我们小时候,是天堂哦! 哪有现在孩子那么烦的呢。我们啥事都自己做,他们现在是啥事都大人做……"

刚想说下去,李珈伊白了爸爸一眼:"还说? 爸爸,你有多少时间陪我啊,不都是忙公务吗? 交警,我看你要把公路搬回家了！"说完，不屑地撇嘴，这些话她都是从妈妈嘴里学来的。李爸爸看着女儿较真，把没说完的话硬生生吞了下去。孩子说的也没错，他有时候的确是太忙了点。

"好了，好了，我们想想暑假怎么办？要是他们三个都不想学奥数英语之类的，不妨我们也让他们自由一点，别逼她们。你们觉得怎么样？"詹爸爸转回到原来的话题，"不过，再自由，也得有个人管管啊！你们说是吧？"

"有了！我看看老诸葛出差回来没有，我们怎么把他给忘记了？"许爸爸把酒杯推到一旁，抓起手机按下几个键，匆匆走到包厢门口，叽里呱啦地说了一通。回来的时候，他脸上笑开了一朵花，挺着胸，大步走向座位，后边儿还跟着个挺着啤酒肚的"烟鬼"——诸葛老师。

三个女生惊愕地张大嘴，眼珠几乎要蹦出来了，像在绝境中的猎物，拔腿想逃。虽说诸葛老师对她们挺好的，但是一看见老师，她们第一反应就是：跑。

酒过三巡，灯光映着诸葛老师的脸，泛着红晕。两瓶啤酒就喝醉的他，有点不胜酒力了。

三个老爸得意地跷着二郎腿，看着愈来愈晕的诸葛，嘴翘得要上月球了。

"诸葛，你说咱们是朋友吗？"许爸爸开口了。

"当然啦！"诸葛老师拍拍胸脯。

"你帮我们一件事吧？"

"别说一件了，就是十件百件，我也在所不辞！"诸葛老师平时不苟言笑的，这不放假了，轻松了一点，那紧张的脸皮似乎终于可以做个舒缓的体操了，竟然会笑了，说话也不太动脑子了。

"你暑假有什么安排啊？"詹爸爸问。

"到姐姐家去，把一本书写完，再……再就是睡觉！平时累死了。哦，我中间还要……要去新加坡学习半个月。"诸葛老师酒醉心不醉啊，啥事都安排得井井有条。

"那——我们可要拜托你管管三个女儿了！你把我们三个的女儿都带去乡下吧，生活费我们出，谢谢啦，哥！"许爸爸趁热打铁，连"哥"也叫上了，满脸堆了笑，眼睛里闪着晶亮透明兴奋的光。

"啊？"诸葛老师瞪大了双眼，点燃了一根烟，抓抓脑袋，答应不是，不答应也不是，"一个诸葛子誉都够我受了，何况……还有三个女儿？你们，可别折腾我了，再说，再说……"诸葛老师似乎在寻找不带的理由，可是酒喝多了，脑子忽然短路了，一下竟然语塞了。

李爸和詹爸撇撇嘴。

"还说是哥们呢！这个小忙都不帮，还算哥们吗？你，我告诉你，你只要让他们自己读读书，做做作业，适当地，让他们写点作文。再说了，我们到时候给你买利群，你要多少买多少，还不好啊？咱们一家人也不说两家话，是不?"李爸爸说道。

诸葛老师呆了,抓抓右脑勺,摇了摇头,一瞪眼,仿佛下了决心说:"好吧……烟……倒是不用了,我家那位……最讨厌我抽烟了。不管,不管如何,咱们……咱们都是兄弟……"说着,举起酒杯,结结巴巴地补充了一句,"我……我说你们几个……原来,没安好心,哈哈哈哈!"

"好,好,真哥们,哈哈哈!"李爸爸一拍手,"真有你的,哥们!"其他几个爸爸也不由自主地露出会心的微笑。

许路、李珈伊、詹奇乐双手合十,闭上双眼,抬头,仿佛在道谢:终于不用去恶魔的汤里翻滚了!虽然诸葛老师是老师,但是他可不是恶魔,到乡下去,可以呼吸新鲜空气,可以玩一些城里没有的东西,可以……想想,好处也不少啊!

许路嘟着嘴问爸爸:"可以带平板吗?"

"嗯,如果你顺带做点奥数,我就让你带吧!"许爸爸应声道。

耶! 蓝天,白云,白莲之乡——志棠,我们要来啦! 我们的天堂——婆婆垄,我们要来了!

初入婆婆垅

两棵巨大的梧桐树环抱着一幢有些年代的红墙小瓦房，墙面有些旧了，露出蜡黄色的砖块。细碎的阳光溅在上面，像是万花筒。

诸葛老师挺着个大肚子，像加勒比海盗一样，硬邦邦的手在空中挥舞来挥舞去，像豌豆射手一般，从嘴里吐出一连串的"子弹"："现在我布置一下作业啊，早上六点半起床干农活，八点半到十点半做语文，十一点到一点午休，下午复习语文、数学、英语！六点吃饭，八点半睡觉！……什么？玩耍？两小时之内！"

众人眨巴着眼睛，张着嘴巴，一动不动迷茫地看着诸葛老师。美术学院就需要这种人体模特嘛，可惜穿越不过去！

寂静之后，小诸葛把嘴里塞的饼干一口喷出来；李珈伊一头趴到桌子上，背对诸葛老师，使劲装睡；詹奇乐用手帕擦拭着脸上的饼干屑，佯装暴怒地瞪着小诸葛；许路把耳机愤怒地甩进包里，抱着手，一脸冰冷。

"怎么？不满意？告诉你们，不做也得做！"诸葛老师眯着小眼,有节奏地一抖一抖,甩着膀子,走出房间,做了一个再见的姿势,"我睡觉喽,开饭叫我!"

众人一齐捶胸顿足。小诸葛使劲拍打着自己,像个大猩猩,还一边略带幸灾乐祸地仰天大叫:"是我害了你们啊!"

三个女生把包向他一甩,气愤地走出门,咬着下嘴唇,追悔莫及地嘀咕道:"还不如在龙游呢!"

"要不咱们去买返程的车票?"

"零钱不是都收回啦!"

"还有我的耳环、耳钉……"

"我的游戏机……"

小诸葛和他爸爸一样,一抖一抖地在姑姑家发出一阵又一阵荡气回肠的"嘎嘎嘎"的笑声。那笑声,就像一把锄头,能把天挖出一个大窟窿来。

很快,他也笑不出来了,密密麻麻的小字,叠起来有诸葛老师那么高的本子,一捆捆严肃庄重的碳黑水笔,像一把刀加一把叉再加盘子! 这是要宰小鲜肉的架势啊! 小鲜肉还傻乎乎地伸着脖子凑上去!

作业本就是个碎纸机!

李珈伊看了看原本细嫩的手:中指上肿了一个大包,鼓鼓的,像小伙子脸上的青春痘一样,紫里泛着红,红里泛着青,青里泛着黑,仿佛从神灯中飘出的黑色烟雾一般。

小诸葛写累了,扭了扭身体,说:"我爸睡觉,别人不叫他不醒!咱们溜出去玩,他发现不了!"

一听玩,都来劲了,他们把作业一推,水笔一丢。

这时,小诸葛忽然愣住了——爸爸是不会发现,但是姑姑是个大麻烦。据爸爸说,他小时候,姑姑就是专门管他的。爸爸看小说,姑姑要报告;爸爸偷懒,姑姑要惩罚;爸爸出去玩,姑姑要问到哪里玩,姑姑是爸爸的保护神。大家出去,保不准姑姑就汇报给爸爸,到时候……想到这,不由吐出了一口冷气。

小诸葛把担忧告诉了大家,大家的脸一下就黑了。怎么办?

有了,小诸葛忽然眼睛一亮,对!神功不破,去拍拍姑姑的马屁。"好姑姑,她们第一次到我们老家来,我带她们去看看荷花,顺带宣传一下你的白莲啊。"他走到姑姑面前,"许路的爸爸是老总,说不定以后就要来买莲子呢,好不好?"

"傻孩子啊,姑姑知道你想出去玩,又怕爸爸知道,是不?好,你们去吧,今天姑姑特批了!"说完哈哈大笑了起来。

耶!恢复自由的感觉真好!

"黑奴"好姑姑

在乡下的这段日子里,姑姑是一个不可或缺的人物,她是诸葛老师的厨师加姐姐,是四个孩子的保护神加保姆。她在繁华的城市,可以是温柔含情的雅典娜女神;在朴实的农村,可以是淳厚善良的干活忙人,会用粗糙瘦弱的手,揽住稚嫩的少年,会服侍顽童似的姑父。

姑姑一笑起来,那眼白,像是太阳下的珍珠贝,熠熠生辉而又显眼。牙齿,像粘贴在一起的糯米。她仿佛一根饱满金黄的玉米,随着时间密密麻麻缝满她的世界,姑姑成了一根老玉米,那些香甜汁水,也流入了下一代的世界。

没有放暑假时,姑姑是博雅教育书店的员工、大厨加保姆。

"呼呼——"油烟机的巨大响声荡漾在小小的厨房中,一些调皮的烟在出气管道中兜了一个圈,打了几个淘气的旋,又跑了回来,在姑姑的身边萦绕,有些甚至跑进了她的鼻子中。"咳,咳!"姑姑端着菜走出来,大汗淋漓,脸上却笑盈盈的,就像一个中年的仙界大厨。

"阿姐,给我倒杯水!"一个慵懒的声音传入姑姑耳中,这声音就像一个开关,开启了姑姑的"劳动模式"。那是诸葛老师,他躺在床上,刚刚睡醒。

"好的,马上就来。"只见她端起茶杯,轻轻放在桌上,再提起水壶,微微倾斜,一股滚烫的水便倾泻下来,那茶叶舒展开来,把茶杯里的水晕染成了墨绿色,散发出一丝丝古朴典雅,但是她似乎没有时间欣赏这些小细节中的美丽。

"咚咚咚"姑姑围着花裙子,走上楼去,又"咚咚咚"地走下来了。

这边刚消停,那边又开始了。

"阿姐,来对账。"小诸葛的妈妈对着正在清扫垃圾的姑姑叫道。而她自己,正在淘宝。

"嘀!"扫描枪把条形码输入电脑中的声音如此清脆,仿佛摇曳的风铃一般。那操作的,又是姑姑。

姑姑有着奇葩一家的衬托,可以说形象高大挺拔,能上厅堂,能下厨房,是一个多么值得尊敬的人啊。要是我告诉你,姑姑已经四十六岁,初中毕业,一年前还没有碰过电脑,你的嘴巴估计半年也合不上。

以上"事迹",堪比"奴隶",她任劳任怨不辞艰辛。但是怎么会被称为"黑奴"的呢?这样说来,就和暑假有关了。

暑假了,本身书店比较空,姑姑可以喘口气了。但是姑姑得回老家去，因为姑父种了十几亩莲子，眼下丰收了，她又变身农田主、厨师和保姆了。

姑姑被太阳炙烤的黑皮肤上闪出一道光芒，仿佛是一颗宝钻——她正在田里干活。她的皮肤像是烤焦的红薯皮，虽然不龟裂，可说"黑"却毫不夸张。

姑姑身材不高，在莲田间行走，有时只能露出一个头，总有外人说："怎么非洲黑人也来中国体验农村生活啦？"小诸葛总会用眼睛白他，因为姑姑虽然黑，于他而言，是一个比宝贝还珍贵的人——就像一个呵护懒虫的高手，没有姑姑的话，他可活不了那么滋润。

傍晚五点多，姑姑总是像淋了雨一样满头大汗，浑身没有一点是干净的。虽然很累，但是她似乎已经对目前的生活状态很满意，脸上总是笑盈盈的。

这么劳累，诸葛老师还给她的生活"雪上加霜"。他回老家，把小诸葛带了去，还带了三个朋友的孩子，美其名曰"下乡锻炼"。姑姑似乎对诸葛老师天生就是服从，愣是乐呵呵接受了这份艰苦劳累的工作。

"咕嘟咕嘟"高压锅里的莲子花生米仁粥发出浓郁的香气。姑姑在边上，从烤炉里取出十四片烤土司，拧开果酱盖子，拿了勺子舀了一勺果酱，涂在一半土司上，再把另一半土司盖上去，做了七个三明治，把它们放进保温箱里。姑姑看着早餐，拍了拍手上的残渣，脸上露出微笑。那清新的微笑,就像破土而出的小嫩芽,绽出生命的翠绿。

在等早餐煮熟之时,姑姑拿起一小袋灰和一个铲子,走到那些恶心得让人想吐的灰中带白的鸡粪前,把袋子中的灰倒一点下去,然后弯下腰猛地一铲,铲起鸡粪来。她的腰弯下又直起来,直起来又弯下。终于,鸡粪处理干净了,姑姑才缓缓地直起腰,上身向后倾着,腰酸痛得像一只只小虫子聚在一块,咬着她的肌肉。她用右手封住袋口,然后轻轻地敲着背。

就这样,姑姑每天像闹钟一样执行着以下任务:

五点:起床烧稀饭,做粿,做馒头;

六点:洒扫庭院。因为多了一帮"娇二代",看到鸡粪就大呼小叫半天的,她得及时消除隐患;

七点:洗碗筷,洗衣服;

……

到了九点,一切家庭琐事完成后,姑姑背着背篓,去田里摘莲子了。她仍乐此不疲,似乎这丰收,她等了一辈子,终于等到了一样。这是一份多么朴实的情怀啊!

看着这一切,小公主李珈伊被感动了。她想帮帮姑姑,但是又不敢下田。怎么办?叹气,叹气……忽然,她想到了诸葛子誉,他是最应该帮助姑姑的人。"诸葛啊,我们帮帮姑姑干活吧,怎么样?"李珈伊边说边咧嘴,明眸皓齿,让人不忍拒绝。

小诸葛一甩手，眼皮也没抬，说："别多事了，姑姑不让我们干的。她自己是劳碌命，不用帮她。"

"你……你，你怎么这么不孝顺？嗯？姑姑对你多好啊，超过你妈妈爸爸了吧？你怎么这么说话，没良心，是不是良心被……"李珈伊说了一半，觉得话有不妥，就缩了回去，白了小诸葛一眼。

小诸葛被这一连几个反问句搞得灰头土脸，一脸尴尬。想想也是，姑姑对自己的确是很好哦。

这时候，詹奇乐犯起了公主病，拉着诸葛子誉的衣袖，拖着走。只听见诸葛子誉一路的求饶声："放了我吧，我帮还不行吗？姑奶奶们……"叫着，嚷着，满脸的臊红。

"好，让我把许路叫来。"李珈伊瞪大了眼睛，带着对诸葛子誉的不满，对着二楼喊，"许路，下来！我们去帮姑姑干活！"

声音惊起林中的小鸟，它们扑着翅膀，惊恐地叫了几声，成群飞走了。这喊声，也惊动了在炒菜的姑姑。她拿着锅勺，跑了出来问："干吗了？嗯？"

"姑姑，你一天到晚都在干活，太累了。烧饭我们不会，但是摘莲子可简单了，我们帮你摘。"

姑姑非但没有感动，还笑得没岔过气去："你们？哈哈……没偷吃莲子就不错了！你们去学习，姑姑不累！"姑姑显然不相信李珈伊这些"娇二代"能干活，心想：有这份

彩色的天空

心,很好……要不就让他们试试……要是万一……姑姑锁着眉头,有些哭笑不得,抓抓脑袋,最后还是否决了几个孩子的提议。

夕阳西下,四个孩子漫步在田埂上,被一片翠绿辉映着,他们的心多么美丽纯洁,虽然还很稚嫩,犹如那莲田里初绽的花苞,鲜艳,饱满。

小狗的诱惑

不能摘莲子，也总得给自己找点事做。对于城里的孩子，乡村就是一个宝库，有无穷无尽值得探究的东西。

诸葛子誉带她们东逛逛西逛逛，看见了一栋栋古铜色的三层小楼、邻家顶着草帽的小孩、云霞一般的花……

忽然，诸葛子誉说："我认识一户人家，有一窝小狗崽，花的、白的，毛茸茸的，超级萌！"他顿了顿，又继续说，"好想有一只小狗！"

女伴们抬头，又看见小诸葛经典笑式：一抖一抖，有点小小的阴险。她们也明白了几分，脸上流露出复杂的神情：诸葛子誉难道想做"贼"了？不由得多出了一分期待，一分渴望。

"嗯……嗯……"一声近乎撒娇又似乎觅食的叫声传到了诸葛子誉的耳朵里——是小狗！这立刻激发了他的兴趣——爸爸小时候不是也经常"偷"吗？不如……呵呵，你懂的！

于是，小诸葛拍拍许路的肩膀，她回过头来，瞧见小诸葛弯起一弯诡异的笑容，好似一个老巫婆，接着挑了挑眉毛，"呵呵"地笑着："许路，好哥们！你看，小狗是不是蛮可爱的？不如，你指挥，我出力？"

许路心想：让我指挥诸葛子誉，这主意不错，我要好好耍弄他一番，让他去偷。万一被诸葛老师知道了，追究起责任来，我还可以……哈哈哈，于是她像武松一样豪爽，答应了。

"啪啪"，小诸葛拍了两下掌，那声音，如同鼓点般清脆，如同摇滚一样响亮，他在召唤谁呢？

"唰——"一个身影闪到了诸葛面前，是他的好伙伴——井浩。井浩穿着绿背心，鼓着他西瓜一样的小肚子，顶着一顶不知道哪里捡来的绿帽子，活像一只大青蛙，要是再往地上蹲，就更加"完美"了。

"他是村子南头那户人家的孙子，叫井浩，是我两年前那个暑假认识的哥们！"小诸葛指着井浩，骄傲、神气地介绍着。

井浩咧开了嘴，满脸笑容，向许路挥挥手，说："嘿嘿，你好！贵姓？"

小诸葛把眉头一皱，向井浩使了一个眼色，井浩便闭嘴了，停止了搭讪。

"嗯，井浩，你要参加暑假快乐小分队的话，那么就要听从我们这里的最高行政长官的命令。接下来的一个小时里，许路就是你的长官，知道了吗？"诸葛子誉两手叉腰，装出一副指挥官的样子,不时向许路笑笑,似乎在嘲笑她:你的计谋不会得逞的,我的手下会替我去完成任务。

哎哟,小诸葛了不起啊,居然有跟班,还故意介绍给我做手下。那我怎么使唤他啊?许路呆在了那里。在小诸葛眼里,她就像一只滑稽的猴子,让人感觉很有趣。于是,小诸葛呵呵地笑了。

"出发吧!"许路发出了命令,也顾不得那么多了,再说,"偷"了小狗,不见得诸葛老师就会知道啊。

"走!"小诸葛一挥手,仿佛他是司令官呢。

许路不由自主地白了他一眼,可是也不好说什么。

一行人鬼鬼祟祟地前进着,这会儿他们多么希望这地球上只有他们几个。哦,不,还应该有小狗。

"嘎嘎嘎,嘎嘎嘎",忽然前面出现了一位赶鸭子的老公公,他看见了小诸葛,慈眉善目地笑笑,朝小诸葛挥挥手。现在正是晌午,鸭子们去水塘喝水玩耍,看到它们一摇一摆的样子,大家想到了企鹅,虽说天各一方。

"那是谁啊?"许路有点紧张,毕竟第一次做"贼"。

"没事,我太公。"小诸葛说。

"你有几个太公啊?"詹奇乐疑惑地问。

"都是我太公。"诸葛子誉随口一说,忽然感觉好像不对劲,又连忙补充,"堂太公。这村里都是姓诸葛的,诸葛亮的后代,我们都是一家人。所以爸爸看到年纪大的就让我叫太公，反正都是太公。"

火辣辣的太阳烤着大地，烤着房子，烤在人的身上，似乎想把地面烤出一个洞来。也许这么糟糕的天气里，只有这群傻孩子才会光着头在外面晒呢。一个个小脸蛋上都蒸腾着热汗，像一个个成熟的苹果。

"井浩，你去引开母狗！"许路躲在所有人的后面，开始行使指挥官的职权，把最危险的任务分配给了井浩，原本没有井浩的话，这个光荣而艰巨的任务应该是小诸葛义不容辞的，可惜了。

"啊噜噜……"井浩晃动着肉骨头，嘴巴里发出奇怪的叫声，尽量吸引母狗的注意。这狗和井浩很熟悉，骨头在左，母狗在左，骨头到右边，母狗也去了右边，似乎有一只无形的手，触动着它敏锐的嗅觉，一下子就把它引出来了。

"走你！"井浩把骨头用力地扔向远处。"唰——"一个闪光，骨头不见了。接着，母狗飞快跑起来，转过弯，消失在他们的视线之中。

"一只就好了，不用太多。"小诸葛提醒道。平时，井浩总是贪。

可问题是，他们找不到小狗啊。

井浩用尽力气，掀起了小狗一家唯一的财产——狗窝。嗯，怎么还没有啊？这狗难道会遁形？

小诸葛叹了口气，摇着头，不时用手遮住眼睛，似乎为这位伙伴的"单纯"而感到有些羞愧:"我的妈啊,不会想点办法吗？这么热的天,狗妈妈还会把它们扔在这个火热的窝里啊？你听声音啊。"

果然,从不远处的竹林里传来了"嗯嗯"的小狗叫声。放慢脚步,放轻步伐,才走了一会,就发现了一些黑白相间的小狗,那么可爱,那么稚嫩,那么纯洁！似乎是上帝送给孩子最美好的礼物,又似乎专门给人类疼爱的天使。

井浩抱起了一只,做贼似的眨巴着眼睛,弯出最美的笑脸,向观战的诸葛子誉竖起了大拇指。

"要那只。"许路的脸上也充满了兴奋,她看上了一只黑斑点狗。

井浩想也没想,扔了手上的一只,就抱起了斑点狗。诸葛子誉接过那只小狗,心里也美滋滋的:"我们听许路的。许路说要哪只,我们就要哪只,哈哈哈！"

许路听了,挺受用的:今天太阳从西边出来了？连他都会说听我的？……嗯,好像有什么不对啊！

还没想完,小诸葛一行早已溜之大吉了。

金色的稻浪

偷来的小狗,没两天就玩厌了。幸好诸葛老师没发现,许路和小诸葛之间互相设计的陷阱也就自然作废了。诸葛子誉把"狗权"移交给了爱心萌动的李珈伊,李珈伊虽然很喜欢,但是怕妈妈骂,就把小狗送回原来的家了。于是,大家开始新的生活。

今天,他们决定要到水田里去干活了呢,把姑父忽悠得一脸的灿烂:几个小屁孩,能帮大人干活了,真不简单!

一大早,云雀放开歌喉,把歌声嵌在湛蓝的天空中,洒在金黄的稻浪上,缀在粉嫩的花瓣上。

忽然,一个粗重的声音依次在四个小伙伴耳边响起:"起来啦!"

李珈伊呸呸嘴,揉揉眼睛,正想犯公主病,睁开眼一看,一个高高凸起的大额头就像脑门上长的一个肉瘤,一个塌鼻就像遇到地震后的原本高高的房子,头发像沙漠中少之又少的绿色的人出现在眼前。仔细看看——诸葛老师!

李珈伊一惊,原本昏睡的脑细胞顿时清醒了,她赶紧从"鸡窝"里爬出来，条件反射地说了一句："诸葛老师好！"

"呵呵，好！"诸葛老师点点头，转身去叫其他人了。

不一会儿，李珈伊里面穿着丝质蓝色蕾丝裙，外面披着淡粉素雅荧光防晒衣走出房门，就像一枝娇滴滴的蔷薇，让人怜爱，那单薄的身板仿佛一碰就会受伤。

接着，许路把一对"水钻银边"的耳环戴上，踏着轻盈优雅的步子，来到客厅。

詹奇乐穿了一套牛仔服快步走出来。

最后，诸葛子誉穿着一件皱得像老树皮一样的衣服，伸了个懒腰，打了个哈欠，弓着背，整个身子软得像一条蚯蚓似的，扭扭捏捏地也出来了。

诸葛老师从一张大藤椅上起来，扳着手，脸上露出憨厚的笑容，滑滑的，红红的，就像一个生鸡蛋涂在脸颊上。可是，他把每个孩子扫视一遍后，这个笑容就牢牢地凝结住了，没有光泽，粗糙得像一把锉刀："接下来，我们去割水稻，如果女生们不想让衣服弄脏的话就换掉。还有，诸葛子誉，这么懒洋洋干什么，打起精神来！"

女生吓了一跳，都垂下了脑袋，就像快枯萎的花朵，不过，还是乖乖换掉衣服。小诸葛却揉揉睡眼，扭扭身子，像一个脊椎病刚好的人一样，缓慢地挺直腰。

一切准备就绪后，李珈伊看着那满地的鸡大便，呲着牙，眼睛里刻满厌恶，脸上的肌肉扭曲起来，跳动着。她轻轻地抬起右脚,慢慢地放下,又缓缓地提起左脚,向前走了一小步,比做贼还小心。来到水田边,李珈伊脱下鞋子,踮起脚,先用脚尖点点水,然后使劲拧着眉头,闭着眼睛,像唐僧看杀猪一样。忽然,不知道碰到什么东西,她的脚触电似的猛缩回,踩在鞋子上,往后退一步,却又踩到了鸡粪。"啊!"她大叫一声,眼睛几乎要从眼眶里蹦出来,皮肤在发抖,每一块肌肉都紧了起来,心也软掉了,就像一块果冻。随即,她的身体向后倾斜,倒向水中。

这时,许路和詹奇乐赶紧丢掉镰刀,去接李珈伊。可还没扶稳,李珈伊却借助气流波,脚在空中使劲一蹬,扑到许路身上,就像熄火的飞机在即将坠地时发动,飞了上去。李珈伊望着那水面上蜷缩着的一团,眼里涌上湿漉漉的、带着淡淡波纹的害怕,全身发着抖,就连声音也跟着抖起来:"蚂……蚂蟥啊!"

"啊——"许路大叫了起来,不管三七二十一,拉着李珈伊就往回跑。

李珈伊和许路坐在椅子上,不停地喘气。望着这金色的稻浪,看到了这稻浪背后的辛劳,两对空洞的眼睛里闪闪发光:《悯农》诗在这一刻,所有的含义都不用老师加以诠释图解。

稻田里,诸葛子誉指着院子里的许路和李珈伊,捧着肚子大笑起来,眼里闪着喜悦,就像把夜空中闪烁的星星装在眼睛里。他对詹奇乐说："你看那俩人，吓成什么样了？一条蚂蟥，呵！"

詹奇乐摇摇头，叹了口气，淡淡地说："唉，没办法，她们两个天生就害怕虫子，吓成这样也不为怪。上次，我还看见一只蚂蚁爬到李珈伊手上，她像发神经的病人，不停地甩着手，声音扩大到原来的一千倍，把我都吓死了。"

"哈哈哈哈……"小诸葛笑得更欢了，似乎中了五百万大奖。突然，一只白米虫在他脚上咬了一口，他如同被仙人球扎到一样，揪心的疼。他大叫起来，挥舞着手脚，像一个张牙舞爪的怪物冲到屋里去，吐着舌头，大口大口喘气，犹如一只热爆了的狗。

诸葛子誉拍拍胸口，缓了缓气，对还在稻田里的詹奇乐喊着："别逞能了，回来吧，你吃不消的。"

詹奇乐笑了笑，脸上平静无波，就像一潭死水，僵硬、平淡。她弯下腰，举起镰刀，唰唰唰，割下一小片稻子。金色的稻芒在她手上留下几道闪闪的光，这是闪烁在"娇二代"身上希望的光。

看着詹奇乐忙碌的身影与金色稻浪的合影，感觉她就像一块精心雕刻的纯洁的冰。诸葛老师微笑着，脸上升出两轮红红的太阳，心中萦绕着快乐，甜滋滋的。

在詹奇乐的心里，金色的稻浪是那么柔软、闪耀、甜蜜。

尊严很脆弱

水田的体验,应该用"失败"两个字来总结,但是也总会有成功的时候。

在小诸葛身上,有着无穷无尽的冒险天分,一次偶然的邂逅,或许就催生了一个不安分的主意。在女生眼里,小诸葛简直就是一个坏主意生产机器。

今天又会发生什么呢?

天仿佛一颗琥珀。在云层中一闪即逝的麻雀,宛如黑夜里的一盏白莲,破开一池清水。

李珈伊穿着一件蓝色的棉布裙子,在树荫下,悲哀地看自己逐渐晒黑的皮肤;许路套着一件防晒衣,戴着超大鸭舌帽,一脸寒冰;詹奇乐与诸葛子誉撒着欢,在一碧千里的田野中蹦跳。

姑父在田里辛勤劳动。阳光"噗噗"跳到他松垮的白汗衫上,又会转化成热乎乎的汗水,在他黑亮亮,结实有力的肩膀上、背脊上流淌。姑父的汗呀,已成了一颗颗化肥,融入了竹子翠色欲滴的外表,每一次早起晚归的辛苦,渗进了去年冬天干冷的土地。这些或细嫩或坚挺的竹子,被姑父当成太子一样娇惯着、侍候着。

姑父扛着几根竹子从竹林里出来了。竹叶摩擦在地面上,发出"沙沙"的声响。他累得双手都软了,扶着膝盖,呼呼喘气,那晶莹的汗珠,像肉片上爬着的密密麻麻的白蚂蚁。

四人有些于心不忍,纷纷跑上前,叫嚷着:"姑父,让我们去砍竹子吧!"

"你们?嘿嘿!"姑父憨厚地咧嘴笑笑,抓抓脑袋,想了一会儿,说:"可你们得挑小个头的竹子,别豁到手,砍的时候小心一点。还有,俺们村里虫可多了,套上件衣服……"

"知道了,知道了!"一行人挥了挥手,扛着小斧头,雀跃着爬上山。

姑姑家的屋后,是一片竹林,像是美人脖子上的项链,凉爽似玉,剔透如冰。竹叶似小小的手掌,撑起一片阴凉。竹子的竿,则是孩子们的天然玩具,爬竿、倒挂、转圈都离不开它。这儿没有车马的喧嚣,只有尘世的宁静和淡泊,就像一个胸怀宽广的父亲,亲切地看着一群群孩子在他的怀里撒娇、淘气、哭闹、欢笑……

誉乐伊路四个小孩在竹林里,捧着水枪,忘我地疯玩,仿佛被奥特曼召唤一般兴奋。小诸葛蹑手蹑脚,躲在大岩石后面,小心翼翼地移动着,弓着背,低着头,眼睛东瞅西望。

詹奇乐眯眯笑着，站在大岩石上，彬彬有礼地弯下腰，拍拍他的肩。

小诸葛仰起头。这一仰，仿佛是白雪公主后妈看见白雪公主完好无损，还领着七个小矮人回来那时，容颜失色。他一哆嗦，躺在了地上，举起水枪直射詹奇乐的脚。

詹奇乐低头，看见自己的球鞋被淋湿了，跺了跺脚，咬着嘴唇，一通乱射，还大声呼唤两名女伴："来啊，他在这里！"

两分钟后，小诸葛水淋淋地爬起来，无奈地拍了拍灰尘和零落的竹叶，整理了一下头发，狠狠地扭头就走。他被淋成一个灰头土脸的泥人，可姑姑与爸爸才不会骂她们，顶多说一句"下次注意"！——她们是爸爸的手中宝，又是姑姑的小客人，宠还来不及呢！

这时，从小山坡上走下来一个人，摇头晃脑地挑着一盏橘色的"灯笼"，即使是在白天，也格外显眼。不，是个明晃晃的柚子啊！圆滚滚的一团，那颜色看上去比蟹壳还要明艳，比灯泡还要闪亮，比蜜橘更为丰润。

他是井浩，挺着大肚子，有滋有味地噘着嘴，撕一小瓣，细细软软，黄得像蜜糖，长得像糖丝，还沾着甜甜的汗水，像吸面条一样吸进去，闭着眼睛，噘噘嘴，享受地晃了晃。

四个人的眼睛里发出一道奇异的光，像是脑袋里进了

100摄氏度的沸水,一下子让他们坐立不安。

小诸葛假装好奇地凑上去,问:"浩哥,哪买的呀?"他想吃,所以主动降了辈分,以往都是井浩叫他哥的呢。

"自己家种的!好贵的,卖一个就够你一天用的!即便如此,大家还争着要呢……"井浩叽里呱啦地张嘴吹嘘,都可以看到他牙缝里的菜叶了。

四个人的眼睛死死盯着柚子,像是看到了童年的玻璃球,惊奇又想拥有。小诸葛假装不在意,不屑地说:"噢?有那么好?让我尝一口。"说着,伸手去抓。

井浩没有迟疑,把柚子用衣服一包,翻了一个大大的白眼,跑下山去,留下一个逐渐缩小的背影。

尊严很脆弱

089

小诸葛的手还保持着伸出去的姿势,半天都没有缩回来。屡试不爽的"激将法"失败了,他的脸上青一阵红一阵。没有想到,那个一天到晚缠着自己的大肚子井浩,竟然在几个女生面前让自己出了丑。在城里,要吃柚子,爸爸妈妈可以买一车满足自己。可是,可是……一个柚子,就为了一个柚子?太丢人了哦!小诸葛显然有点恼羞成怒了,狠狠地对着离开的背影,咬牙切齿:"哼,这个井浩!"作为吃货的一员,他感到这是最大的羞辱。

"诸葛,你这朋友怎么这么不靠谱?还说铁哥们呢,连柚子都不给吃。喂,跟你说话呢!"詹奇乐的喉咙里发出咽口水的声音,双眼一闪一闪的,用胳膊碰碰在一边郁闷的小诸葛。据她对小诸葛的了解,他一定会上钩的,到时候,就会……

小诸葛沉默着,低头看着草地,左脚在小草上拂过,又轻轻收回,竹叶在耳畔"唰唰"作响,蚊子像轰炸机,飞到左边,又飞回右边。

"诸葛,说话啊!"许路一拍小诸葛的肩,脸上满是郁闷,像心被挖了个洞,"你一向都是智多星,今天怎么?你再不回答,我们可去买柚子了!"许路用"激将法"一定能"唤醒"小诸葛的"魔性"。

果然……

诸葛使劲一跺脚,一拍手,小眼珠里充满晶亮,开始生产鬼主意。"有了!"诸葛的眉毛往上一挑,双眼的光像明晃晃的太阳装进了眼里似的,双手兴奋地一拍,喜悦荡漾在他全身。

竹林的风在耳边飞驰,像时间一点点与我们擦肩而过,如花瓣一片片下落。

"快快快,说。"李珈伊一拽诸葛的绿背心,兴奋得像摘到了柚子一样。"来来来,靠过来。"小诸葛沾沾自喜地想:终于可以当"军师"了!叽里呱啦说了一大堆,女生们像被浸在蜜罐里似的,双眼都眯成一条线了,笑得像朵荷花。"可是"——詹奇乐忽然变得严肃了,她的欲言又止激起了小诸葛的好奇心,问:"可是什么?"

詹奇乐说:"那到时候,被你爸知道了,你可要……"

提到爸爸,小诸葛习惯性皱皱眉,但是出于对自尊的维护,出于对井浩那不够哥们行为的愤恨,拍拍胸脯说:"这次,我一个人认了!"说完,脸上充满了庄严、勇敢、果决。

几个女生不由得鼓了一下小掌,不过内心的犹疑还是没有被彻底打消。

冒险柚子劫

那么就行动吧。

"快,姑姑拿刀来!"小诸葛的拖鞋声吧嗒吧嗒地在家门口响起。据他对姑姑的了解,不出两秒,她就会问长问短,担心这担心那,所以他径直跑到柴房,拿了一把柴刀,丢下一句话:"放心,不会杀人!"

一路小跑到竹林,三个女生看他的眼神都直愣愣的,像木乃伊见到活人类——贪婪。

小诸葛挑了一根瘦小的、濒临死亡的竹子,枯黄的枝叶像老人无力的头发。"咔嚓"一声,宛如风铃被风拂过,发出清脆的声响。俨然一个伐木工的小诸葛,轻轻地削着,竹竿的一端一点点变尖。竹竿的小头好像飞镖一样,泛着青白的光。他脸上泛着一丝沉重,像在火灾现场却又不慌乱的人。

三个女生的眼里一闪一闪分,像撒了一把钻石,充满崇拜。这个从来没有让她们敬重过的人,在这次玩耍中被当成"神"来膜拜。

风一点点划过耳畔,清凉、舒适。竹林在风中舞蹈,孩子们的兴奋缀在树梢，挂在云端，泛在水面，最后渐渐凝聚成一个信念，一个欲望，一种冲动。夜，月亮撒下一片银粉，在那些个柚子金黄油亮的皮肤上，发出晶亮的光。

晚上要出去，肯定没有白天那么容易了，所以小诸葛想出了一出戏，叫"欲擒故纵"。

好戏开始上演喽。

姑姑家的楼上，四个孩子趴在桌底下，一张张笑脸紧贴着，"叽里咕噜"的声音围绕在四个小头边。忽然，许路站起来，使劲一抹脸，似乎想把笑容从脸上给扯下来，但笑还是死皮赖脸地粘在上面。她使劲一掐手臂，把笑容吞了下去，给亮闪闪的眼球披上一件迷离的花衣裳。随后，她捧起作业，带着三个"乔装打扮"的人走到诸葛老师房间，把作业往书桌上一放，站到一边耷拉着脑袋，眼神暗淡得像一个没有光的夜晚，就连呼吸也带着郁闷和绝望。许路重重地叹了一口气，像一位母亲临死前对孩子说话一样，有气无力，带着重重的喘息声："诸葛老师……奥数……作文……还有……检讨书……我们写好了。"

诸葛老师坐在椅子上，放下手机，说："拿过来。"

四个孩子依然站在一边，静静的。他们清楚现在如果动的话，诸葛老师就不会可怜他们，就不会放他们出去。诸葛老师见他们一动不动，眼珠悠悠地转出一缕缕清幽的疑惑，把诸葛子誉的奥数作业拿过去，取出一本答案。他

彩色的天空

眼里的喜悦越积越多,都要流出来了。他对着诸葛子誉笑了笑:"哦哟! 今天奥数做得这么好!"

"嗯。"小诸葛像一个破掉的气球,流出最后一点气,沉闷地从喉咙底发出一个回应,就不多说话了。

诸葛老师看了看这几朵晒蔫了似的"花":这几个孩子是不是被我闷坏了? 我不让他们玩,是不是太过分了? 脸上透着的担忧都溢出来了:"今天晚上,你们看一下电视?"

"不想看。"平时爱看电视像飞蛾对光明的渴望一样的李珈伊,竟然说出了这种话!

这句话虽然只有三个字,却在诸葛老师心上挂了一个铁钩,钩上还有一个千斤重的铁块。"那看书?"诸葛老师往前移了一下椅子,奇怪得像一岁小孩看见一枚硬币似的。

"不想看。"那个对待看书比追韩国明星还重要的许路说。

"那你们出去玩会儿吧!"诸葛老师急得都要跪地求饶了,因为他觉得,这些孩子行为太反常了,完全不合逻辑。

"随便。李珈伊,你要不要去?"诸葛子誉歪着脑袋,看着李珈伊魂像是被抽走了似的,语速跟电视里的鬼一样。

李珈伊瞅着地下,悠悠地说:"不想去。"

许路也说:"不想去。"

詹奇乐知道自己是唯一希望,做戏可不能太过头了,一定得说去了,不然,怎么去偷柚子? 于是她叹了口气,理

094

了理头发,似乎被迫无奈地说:"去就去呗,玩一小会儿。"

"好,那你们小心点啊!我在家看电视,你们早点回来啊!"诸葛老师高抬着头,眼睛里笑意驱赶了担忧。孩子们会玩就没事,可不能把他们给憋坏了。

四个人一走出房门,那无神的脸马上就消失到了九霄云外,变成一张喜悦的脸。他们互相看着,下巴都要笑掉下来了,马上加快了脚步,真想嘶声呐喊:柚子,我们来了!

微弱的灯光下,几只飞蛾时而靠近,时而飞远,闪烁的灯光下显示出一个人狡猾的眼睛,眨巴着。

"沙沙沙",几个人在草丛中摸索着,各自手里拿了一根墨绿色的竹竿,就像战场的矛。这是令人喜爱的单兵武器,也是令人恐惧的杀戮神器,可现在它也堕落了,成了偷柚子的工具。

这会儿,天黑,竹竿又变成了拐杖。夜色如一条很厚的布条子,蒙住了女生们的眼睛。而小诸葛,闭着眼也能在这乡间的小路上奔走,这条路,他已经走过不知道几回了。

"到了。"诸葛把竹竿插在地上,像一个年长的尊者,故意用沙哑的声音说,不过再怎么装,还是透出了一丝丝的稚气。

"咯",一道光从小诸葛的手中射出,是电筒。夜幕像一块墨色的手帕,被明晃晃的刺刀劈成了两半。此刻,那金灿灿圆溜溜的柚子,闭着眼都能让他们感受到。李珈伊回想起早上井浩手上那个足球大小的柚子，顿时口舌生津，挥起竹竿就要打。

小诸葛连忙拦住了，说："你傻的啊，你没看见他家走廊里还有人啊？"

快八点了，可井浩家的大门依旧敞开。从他家牵出来的灯下围着许多小飞虫，上下左右，飞飞，停停。有时，那灯泡上会一下子成堆贴满了飞蛾与小虫，光线从缝隙中射出，变得黯淡。

灯下，坐着两位老人，满头蓬松的头发，看上去已远离俗世，清静地安享晚年。他们坐在两把一模一样的老年人专用的香木摇椅上，移动着桌上的棋子，也互诉着自己的活力青春。

许久，他们停住了，站起来，将两只粗糙的大手紧紧扣在一起，有礼地鞠了个躬，对朋友无比尊重；又摘下老花镜，好像想重视对方，看清他的本相与善良。这些，透露了他们对世界的看淡。

"咔、嚓、嘎"门带着清脆的声音，也入睡了。纺织娘爬上屋檐，甜蜜地唱了起来："织，织，织，织呀；织，织，织，织呀！"那歌声真好听，让劳累了一天的人们，甜甜蜜蜜地进入梦乡。

李珈伊很着急，说："那什么时候才能开始啊？"她轻轻地跺着脚，像吃不到葡萄的狐狸一样着急。

也许，人性中天生就有坏的因子。你看，原本城里的娇娇女，如今却在小诸葛的蛊惑下变成了急不可耐的"小偷"。想到这些，小诸葛不由笑了。

小诸葛看了一眼自己的荧光手表："才七点半，井浩家八点一定会睡了。"这可害死了三个小女生。他自己穿的是牛仔裤、长袖衣，可是女生们却穿着裙子穿着短袖。她们成了蚊子嘴里的肥肉，而且味美多汁，"咕咚咕咚"，仿佛能听到蚊子喝血的声音。

忽然，门开了，几个小家伙连忙趴在草丛里。"爷爷，我要尿尿。"井浩迷迷糊糊地来到门口，对着他们趴着的草丛，尽情释放了起来。

小诸葛抹了一把脸，感觉那尿都要冲到自己的脸上了，龇牙咧嘴地嘀咕了一句：明天让我见到你，把你的小鸡鸡给割了喂狗吃。心里想着，这农村孩子还真豪放，天地之大，都成了他露天公厕了。几个女生掩着嘴憋着笑。

门终于关了。开始行动！

"我来教教你们吧！我可是江湖第二百五十二盗——诸葛子誉，看清楚了，我可只示范一次哦！"说完，一点头，神气地一眨单眼。

"切——"女生们一起不屑地叫道，还故意拖长了那声音。虽说是在喉咙里对话，但夜深人静，还是听得很清楚。一个白绣球向他抛去。

他用一个小指,挑起事先准备好的尖竹竿,缓缓向上,一边还做着讲解:"要把竿子戳入柚子的底部,而且,一定要……要……",他故意顿了顿,"要不你们先点个赞吧!"小诸葛时刻不忘幽默。

几个女生早已虚心,津津有味地听着,为了能吃到柚子,点个赞算什么呀!

詹奇乐冷冷地丢下一句:"小盗,花名堂可真多!"

三个女生先伸出右手,做了一个OK的手势,然后放到小诸葛头上,中指飞速冲出,重重地打在小诸葛的脑门上,算是点了个赞吧!

小诸葛一下子眩晕了,脸上泛起一层金色的涟漪,但还是戳得很准,谁让他天生是做"小偷"的料呢?

他一戳就上了瘾。才一会儿,地上就垒起了十几个柚子。

他们把柚子抱回了,却不敢带回家,只好找了一个小凹洞,把柚子藏在里面,用一把枯草盖住了。

月亮洒下一片银色,笼罩在几个孩子的头上,笼罩在那把枯草上,寂静地看着几个战战兢兢又满脸冒险后窃喜的孩子。

也许三十年后,他们会给自己的孩子,讲述这段离奇、荒诞而又充满冒险精神的经历,让孩子张着惊讶的嘴巴半天也合不拢呢!

田田荷叶中

做了几次"小偷"的勾当,小诸葛觉得自己的人品碎了一地。怎么办?将功赎罪吧!虽然大人都没怎么在意自己做的坏事,可几个小女生都清楚明白。为了修复形象,他又想出了一个好主意:帮帮姑姑,给她做点事,做点正事!

阳光像一把把小金珠子,撒在水田里,撒在荷花上,撒在嫩嫩的荷叶尖上。小金珠子一蹦一跳,扑到田田的荷叶上。流苏般的稻谷穗儿,刀片般的叶子,在大雾中时隐时现。摇啊摇,几个背篓在泥泞如一锅粥似的小路上蹒跚着,原来是小诸葛一行,正要去摘莲子呢。

李珈伊脚踏着白色金边凉鞋,上面穿着一件天蓝荧光花边小短衫,还套了一件同一型号的薄如蝉翼的防晒衣,下面穿着一条宝石蓝的格子蕾丝边的小短裙,外面蒙着雪白的网纱,除了这些,其余露在外面的地方全涂了防晒霜。

许路借了李珈伊的防晒霜,把全身都涂了一遍,穿了一件米色蝙蝠衣,一条牛仔紧身裤和一双粉色牛皮镶钻凉鞋,背了一个土黄的箩筐。

詹奇乐打扮得花花绿绿。一顶遮阳帽紧紧地扣在头顶,像一口铁锅盖在脑袋上,一小撮头发露在帽檐边。大口罩像一张网,封住鼻子、嘴,墨镜酷酷地架在鼻梁上,一闪一闪的,像一捧珍珠撒在上面。双臂抹了一层又一层的防晒霜,像从锅炉房里出来的凤凰重新染了色,娇艳、美丽。担心被晒黑,她又披上了一件花衣裳、穿上一条黑裤子,活脱脱是从南极来的游客还没来得及改装哩!

诸葛子誉一副无精打采的样子,耷拉着脑袋,塌着腰,手臂随风摇摆,眼里蒙着一层雾似的,穿着皱巴巴的"树皮衣"。他似乎没有睡醒,还有两个黑眼圈——这都是世界杯惹的祸。

太阳才射出第一道金光,他们已经到了田里。

金光直直地射在李珈伊的身上,她像一面镜子,放射出千丝万缕的光芒。她做好了一切准备,像游园里的小朋友看见了"球海"一样,慢慢挪脚下田,明亮剔透得像夜明珠一样的眼睛闪烁着,就像扫二维码一样,扫过这一片荷花塘。

忽然,李珈伊脸上添了一朵红色的云,隐隐地闪烁着快乐的光晕。她在水里一蹦一跳,每一跳水面上都溅起一朵带着淡绿的水花,水花尖上还闪烁着散落的喜悦。她盯着一个大莲蓬,眼眸里倒映着它。那个莲蓬鼓鼓的,膨胀得像一个吹得快要爆的气球,里面蕴藏的生命力量涌动着,仿佛要冲出莲蓬,喷涌出来。莲蓬的翠绿不能用画家的颜料来描摹,也不能用鲜嫩的绿芽来比较,更不能用大山的青翠来代替,它的绿有一股生命,仿佛是菩萨慈悲的眼神。

李珈伊的眼睛凝视着它,越看越喜欢。她忘记了荷梗上的刺,伸手就去摘,可手一碰到荷梗却像触了电似的,疼痛地缩回。她皱着眉头,把手放在嘴巴前,嘴里轻轻地吹着气。原本里面像有团火似的手指,现在像是浸到了清凉的山泉水中一般。

不一会儿,李珈伊紧锁的眉头松开了,笑容再次从脸颊蔓延开来。她的手向身后的箩筐里伸去,取出一双手套,嘴里说着:"幸好我有准备!"她套上手套,那手套是薄膜手套,不过指头尖上有一块硬硬的东西,专门应付采莲子。李珈伊再次伸出手轻轻一掰,把莲蓬采下来,摆在面前,眼神里映满了骄傲,高抬着头,对大家说:"看!我的莲蓬多漂亮!"说完,得意地抖抖身子。

许路瞥了一眼莲蓬,刚想转身走开,又马上回过头来,凝视着这个莲蓬,羡慕嫉妒恨盛满了她的心,不停地往外溢。不一会儿,许路一个转身,把水花踏得"唰唰"响。她的目光不停地在这水田里来回搜索。忽然,一个饱满的莲蓬打开她心的门窗,走了进来。许路奔到这个莲蓬面前,嘴角微微上扬,欢乐的精灵在嘴角上跳跃。她在手上哈了口气，搓了搓手，一把掰下莲蓬，高举着对李珈伊喊道："李珈伊，我的也好看！"说着，眼皮不时地向上挑着，骄傲都落在莲蓬上，在阳光下闪着光呢。

詹奇乐不服气，也摘了个更大的。

就这样比着比着，不一会儿女生的箩筐里都装满了莲蓬。老的嫩的，大的小的，都被"洗劫一空"。唯独小诸葛的筐子里只有两三个。他根本不想摘莲子，像一个游魂似的在田里飘来飘去，他对水田里的龙虾似乎更感兴趣。

李珈伊憋住笑，装着诸葛老师的样子，绷着脸，瞪着小诸葛，原本清甜的声音刻意粗重起来："诸葛子誉！给我打起精神来，小心我咬你！"

"哈哈哈哈！"大家笑起来，李珈伊也忍不住了，捂住肚子，笑得花枝乱颤。

突然，李珈伊停了下来，眼神里充满了向往，嘴巴越张越大，心灵颤抖着，惊讶弥漫着她的心。她的手缓缓抬起，竖着一根手指，顺着手指看去，终于知道什么叫作"接天莲叶无穷碧，映日荷花别样红"啦！

看那荷花，一朵朵向外舒展，映着通红的太阳，伴着温暖的微风，缀着点水的蜻蜓，惬意地舞蹈着，像童话中的仙女，粉色的裙裾一飘一摆，金色的钻石一闪一闪。晶莹的花瓣像是用玉雕成的。淡淡的粉色像是一滴粉色颜料掉进水里化开晕染成的，像是一个羞涩的女子，红着脸，背转身躲了起来，不敢让人看见；那皎洁的白色，像是天使展开翅膀，飞了起来。它们从一片翠绿中探出调皮的脑袋，有的是花苞，像小拳头；有的半开，像娇羞的新娘；有的开得灿烂，笑开了大嘴……哦，简直是花的海洋，花的世界！

三个女生的双眼放射出贪婪的光，像在沙漠中突然出现的绿洲，诱人。小诸葛看着她们说："你们那么喜欢，去摘一朵呗！"

李珈伊四处望望，眨巴着眼睛，弓着背——真有当"小偷"的潜质——接着她带着姐妹越过田埂，来到了花的海洋。

小诸葛对这些美不屑一顾，但是也得感叹一句："和我家这些荷花比，他们家的就像风华正茂的大姑娘，花枝招展，我们家的，只能算得上生病的耗子了，哎——"不由得想起那个老顽童姑父来，是不是姑父只知道在荷田里养龙虾啊？还是偷懒了呢？

"哎，你的那朵比我的漂亮！"李珈伊指着许路手上的荷花，愤愤不平地说，接着又摘了一朵。

"不行，你比我多一朵了，我再摘一朵！"詹奇乐也愤愤不平了。此刻，她们小小的心里，一直在憧憬着，要是把这么多漂亮的荷花，装饰了姑姑家的客厅，那姑姑是不是会大吃一惊，会喜上眉梢地表扬她们的创意呢？

……

亭亭玉立的花是多么美丽,就如齐白石笔下的虾一样具有魅力。但是经过这些"蝗虫攻击"之后,荷田里像过了鬼子兵,倒的倒,断的断,残的残……只剩下几朵癞皮狗一样的荷花。路上的行人看到这一幕不由掩面窃笑,肩膀一耸一耸。

在炽热的太阳照射下,小诸葛一行人往回走了,背上是沉甸甸的老嫩通吃得来的莲蓬,手上是不胜娇羞的荷花,鼻子里闻着的是花粉的缕缕清香。

耶,今天真是丰收的一天!

"荷艺"展才情

太阳,醉了,咧着大嘴在笑。几个小伙伴顶着太阳回来了。

"姑姑,开门!"小诸葛敲了敲门,扯着嗓子朝家里喊,"姑姑,开门!"

大院里的铁门像个守护神纹丝不动。小诸葛猛地一推,打了一个趔趄,睁开眼,看见院子里蔫头耷脑的母狗和四处乱窜的鸡,就溜了进去!

"快快快,没人,快快!"小诸葛从铁门后面,探出来头,眼里的喜悦一闪一闪,就像下了一场流星雨,"太好了,姑姑不在家,我们用荷花把院子布置一下,给姑姑一个大惊喜!"说着,眉头一挑一挑的,看着淹没在"花海"里的仙子和有点脱水的荷花。

许路发出命令:"你们几个,找些瓶子把荷花插起来!"说着,她坐在沙发上,跷着二郎腿,拿了一个垫子垫在身后,俨然做好了坐着说话不腰疼的架势。

"没问题!"三人异口同声地喊了起来。不一会儿,就笑成了一锅粥,快乐使整间屋子都快装不下了。

许路指着小诸葛，手一摆："你先去，这是你姑姑家，你熟悉些。"诸葛子誉像根熟透了的粉条，一下子软了下来，像一个树袋熊一样，耷拉着脑袋："哎呀，我睡着了！"小诸葛双手往茶几上一摆，半眯着眼，装作睡着的样子。每次不想干活，他都用这一招对付老爸，如今用到几个小女孩身上了。

"嗯？"李珈伊白了他一眼，伸手做出要抓他的样子。

"好吧，我又醒了！"小诸葛"咻"地跳起来，像见到克星一样。他摇晃着身体，用飘忽的眼神扫过整个家，忽然眼珠子停住了，发出一道金子般的亮光。他一下子直起身子，把桌子上装着凉茶的宝贝罐子一把拿过来，走到水池前，把里面的凉茶"咕嘟咕嘟"地全都倒了出来，然后摆在客厅地上，喜悦在眼睛里舞蹈着："看，我找到一个！"

女生懒得看他，丢给他一个白眼。诸葛子誉见没兴头，放下罐子继续找。

詹奇乐从阳台上找来一个养水植物的玻璃瓶，把荷花插了进去，水升了上来，透明的瓶子上挂着珠帘似的水渍。荷花低眉颔首，似笑非笑，像是从国画里走出来的少女，被渲染得迷离而又朦胧。

李珈伊在仓库里翻到了一只青花瓷，擦去灰尘后，藏青色温婉的线条如游玩的蛟龙。加上荷花的点缀，更是有一番清灵的感觉，如夜空月，山中雪。

小诸葛这儿拣拣，那儿挑挑，终于，他在厨房柜子里找到一只陶瓷，像是年代久远的木头，还散发出一股股酸臭味。拔开塞子一看，我的天哪！褐色的小白菜风骚地躺在浑浊的水里，裸露着大片的身躯。他缩了缩脖子，转身把泡菜倒入水池内，举着这个坛子，在三个女生目瞪口呆之下，插入了莲花。粗糙的手工艺品，还是个泡菜坛子，荷花一插进去，根茎慢慢变黑，像是乌骨鸡上长着一丛玫瑰。

　　可是还有一大堆花没地方插啊，该找的都拿来了。大家的眼睛不由自主转到了小诸葛的身上。

　　"好吧，我再找找。瓶子哩？好像在这里的，噢，对！这个！"小诸葛捧起一个装满黄豆的玻璃瓶。他把橱柜里的碗一个一个地拿出来，像展示古董一样排成一长排，"丁零丁零""哗啦哗啦"黄豆像下雨一般打在碗里，小诸葛的手渐渐抖动起来，像见到食人鳄一样——拿不稳了！

　　"吧嗒"黄豆淘气地在空气中打了个转儿，流线型地落在地上。天哪！我做什么了！小诸葛一拍脑门，在心中咒骂道。接着，他一捧一捧地将黄豆送到碗里，好似奉承给皇上的珍宝。

　　小诸葛一抹汗，匆忙冲洗了一下瓶子，健步跑到客厅。

　　许路轻轻拿起荷花，像鉴赏珍宝一样上下打量了一番，嗅了嗅淡淡的清香，慢慢地插进瓶子。荷花像被抹了润滑剂，滑进瓶子里，荷梗在水面上画了个句号，花瓣一飘一飘,美不胜收。

四个人把那些瓶瓶罐罐摆成了一个心形,把荷花都插了进去,站在远处一看:半开的荷花似一个个娇羞的小姑娘,害羞地红着脸,低着头;将开的荷花似一个在肚子里的小宝宝,踢蹬着稚嫩的小脚,期待外面的世界,等不及想出去;全开的荷花就像电视中的七仙女,展开双臂,在空中转着圈,慢慢地落在一片绿荫下。这些美,圆成一颗心,像是一个少女甜甜地笑着。

"哇!"李珈伊看着这美丽的庭院,眼神都柔软起来,开心得像是冬天在豪华大浴池里撒上玫瑰花瓣,再下去泡个澡一样。

"荷花翩然舞,荷叶悠然唱。恰似天仙到,畅舞此院中。"李珈伊微微闭着眼睛,内心的赞美像一股清泉倾泻而出,笑容浮上脸颊,绽了开来。

"厉害!"许路搭着李珈伊的背,向她投去赞许的目光。得到班长的表扬,李珈伊低下头,羞得半边脸都红了。

小诸葛摸了摸干净的下巴,眯着眼睛,咧着嘴巴,完全不顾三个女生的情绪,很自以为是地说:"下面,由诸葛亮的第二百五十代传人诸葛子誉来为你们作诗一首! 大家鼓掌!"

三个女生没搭理。

小诸葛竖了竖衣领,挺了挺腰板,清清嗓子,波澜壮阔地举起右手：

"莲叶莲花莲子小，蜻蜓点水，龙虾围花绕。"他露出小板牙，对着空气乱啃一番，"树上知了少又少，天涯何处没吃饱？"

三个女生不屑地摆摆手，小诸葛一看，说："不好？真的不好吗？"他蹙眉吸鼻，仰头惘思，忽然一拍脑袋，说："有了，我再来一首！"

三个女生吸吸鼻，说："随便。"

"好，听着哈。"他顿了顿，故作诗人状，"床前明月光，地上一枝花。闻后打喷嚏，起床踹飞他……哈哈哈哈哈！"

……

他们自我感觉良好地作了许多傻傻的诗。

失踪有一会儿的小诸葛则"哒哒哒"一路小跑，举着相机过来。他站在陶罐前，热情地招呼："来，来，合个影！"

"咔嚓！"快门的声音极清脆，像是薯片被咬碎的声音。

镜头定格在这一刻：詹奇乐有些羞涩地躲在莲叶后面，简单的白衬衫，绑带凉鞋，头上夹着一枚凯蒂猫的发夹，像一朵清新自然的小茉莉；李珈伊大方地微笑，仿佛所有莲花的粉嫩都集中在她脸上，宛如一棵幽兰；许路抱着手，嘴边是一贯的冷艳和高贵，似乎一朵法国郁金香，不可一世；诸葛子誉呢，蹲着身子，憨憨地竖了个剪刀手，他不抢女生们的风头，像一棵并不起眼的小树，谦虚地逆光生长。

他们偷偷拿来了诸葛老师的电脑。李珈伊用鼠标点了点"粉色泡泡",照片四周立即出现了一圈淡淡的泡泡,再一点"梦幻",然后用荧光在荷花粉色的地方点了点,这张照片立刻变得像七仙女的荷花池一样了:荧光闪闪,周围蒙着一层雾似的,若隐若现,粉色的泡泡散发着诱人的气息。

詹奇乐看见那各式各样的功能,便一把抢过鼠标,给荷花加上了"光晕"效果。金灿灿的花边萦绕着粉红的荷花,显得简洁美丽,仿佛是画家笔下的荷花仙子。

"哇哦!太好看了,发给我爸妈炫耀一下!"许路微笑着,睫毛上都缀着喜悦,立刻把照片发给妈妈。"妈妈,我们去摘荷花了,你看漂亮吗?"

对面,许路妈妈看得嘴里都能塞一百个霸王龙蛋了!她用手掩住脸,下线了,脸上满是尴尬。于是,她拿起手机,打通了李珈伊妈妈的电话,声音颤抖着:"李珈伊妈妈,你通知一下詹奇乐妈妈啦,我们家小孩傻了,摘莲子,摘莲子,还说,摘了三大箩筐莲花!诸葛不气死才怪!我们今天晚上送点钱去……哦,好,就这样。"

据说那天詹爸爸的声音,像是爆炸的暖水瓶发出的;许妈妈的声音,则像是扁桃体发炎了发出的,干涩嘶哑。

四个小孩没有感到恐惧,反而活蹦乱跳,把花摆到最显眼的位置,互相挑逗,喜滋滋地等待姑姑的赞美。

怒火欲焚心

沙哑的蝉鸣声回荡在院子里，竹林里，山谷中，让人烦躁不安。

"我的天哪，你们这些傻瓜！叫你们摘莲子，怎么摘来几背篓的荷花呀？我们家哪里有那么多的花？是别家的？"姑姑的目光停止了跳跃，呆呆地看着四人，仿佛是木头雕刻的。她用食指直直地指着那些马上要香消玉殒的荷花，愤懑惋惜的神色布满了整个脸庞。

"一朵花值两块钱嘞，我一个月的工资有多少啊？……"姑姑似乎没有停止抱怨的意思，还在喋喋不休地说。

诸葛子誉想：在姑姑的眼里，自己的一元钱，仿佛要比皇帝仓库里的一块黄金都珍贵。小气的姑姑！不过一想到爸爸，想到爸爸平时对姑姑的恭敬有加，想到爸爸出去时要和姑姑说"姐，我走了哦"，回来要说"姐，我回来了"，那份恭敬尊崇，顿时让他长出了许多鸡皮疙瘩。要是得罪了姑姑，爸爸肯定要拿他开刀的啊，不是写检讨书四千字，就是奥数好几章，还有罚站……这么一想，觉得自己对姑姑的抱怨是犯罪，是绝对不允许的，也是不可原谅的，于是，脸上露出了凝重的表情。

这个不谙世事的少年，在姑姑的抱怨和批评中，感受到了，姑姑说的不仅仅是钱，还有更多更多的内涵，只是他这个年龄还根本理解不了。

姑姑直勾勾的眼神中充满了对小诸葛一行四人天真无知的怒火，但是却无法发泄，因为她面对的是一颗颗还是那么纯洁的童心，他们不懂什么叫劳动，什么叫汗水，什么叫价值……然而，不教育是不行的，于是转过身问："谁摘的？"

姑姑的语气仿佛诸葛老师就立在面前，那声音像个捕蝉人，连聒噪的蝉也闭口不鸣了。

"诸葛子誉！"三个女生齐刷刷地把手指向了小诸葛，仿佛射技精湛的士兵在瞄准。

"哎呀呀呀，你们……你们血口喷人！我只是说摘一朵，是你们自己摘了那么多，不是吗？谁知道你们那么臭美啊……再说了，也是李珈伊提出来的啊，是她说那么美的啊……"诸葛子誉就像一架22世纪才会被发明的新型飞机，几个翻身腾挪就躲开了那射出的子弹。

女生们自知理亏，安静了下来，像一只只小蜗牛。

"怎么，都不是你做的错事？嗯？你是主人，还是她们是主人？"姑姑一连几个反问句问得小诸葛哑口无言，冷汗直冒。姑姑的心头充满无奈,仿佛没带指南针的人迷失在郁郁葱葱的森林里。

忽然,姑姑的眼神又和那个青花瓷碰了个面,一惊,想:难道是……她连忙拿出了荷花,扔在地上,终于明白了一切:是祖传的那个青花瓷,是传家宝哦。要是老公知道了,不知道有多心疼呢! 虽然可能不值钱,但那是老公爷爷的爷爷那辈传下来的啊!

姑姑真想嘴里有一颗苦胆,做一杯独门炼制的凉茶!

门外水池里陈年腌制的大白菜,那也是姑父的最爱,几只大头苍蝇被那奇怪的味道吸引着,嗡嗡盘旋着。姑姑的心仿佛被荷梗上的刺给扎了,流出来的都是悲伤和气恼。

正在这时,她眼里映出了一片嫩绿:那些莲蓬,嫩的,老的,大的,小的,足足有一箩筐了。"怎么摘那么绿的呢? 我不是和你们讲过了吗? 你们……"看着那些夭折的翠绿的莲蓬宝宝,仿佛它们就是她的儿女一般。一个个绿油油的莲蓬,都盛满了一个个小小的生命,都是姑姑对未来的憧憬;一颗颗滚圆的莲子,像一个个初生的宝宝,都蕴含了姑姑对生活的期待!

"嘭嘭——"一阵敲门声响彻了小山谷。姑姑连忙起身向外走。一个脸红得像猴子屁股的老汉,背着一把锄头,眼睛里冒着怒火,似乎要拆了姑父家的三层楼。

姑姑一看就知道原委了,连忙堆满了笑脸,说:"叔,事情我都知道了。我赔,我赔啊,叔……"

老汉把锄头狠狠地夯在地上,"咚"的一声响,出现了一个深深的凹印。小诸葛几人,不由自主地缩了一下身子,心里特纳闷:至于吗?几朵破花而已……

……

太阳散出一串串晶亮,悄悄地向西去了。几个孩子的心,想到的是诸葛老师那严肃的、湛蓝幽深的瞳仁,一股深深的忧虑爬满了他们的心。

灯下的飞蛾

落日折射出一圈圈彩色的光晕，跳动着欢乐。天上已经可以看见几颗碎钻般零散的星星，透过薄薄的云层，调皮地闪着光芒。

诸葛老师开着车，听着音乐，感受着不太容易抓住的节奏，摇头晃脑地哼唱几句。一排因抽烟而焦黄的牙齿露出来，透露出一丝得意，一丝满足。

小诸葛阴沉着脸，用手搔着头，阳光在他身上调皮地打了个转，拨弄着他的衣襟。他一听到汽车碾地的声音，就像突然苏醒的植物人，猛地跳起来，拖鞋被甩出老远。他双眼扑闪扑闪的，用胳膊撞撞许路，喊："快，快，快，老爸来了！"

四个小孩趴在二楼的窗前，看到那一辆白色大车缓缓开来，听到沉闷的关门声，吓得心"突突突"差点跳出来。这漫长的时间可不好过，像有一把明晃晃的刺刀悬在头顶，现在，终于要斩下来了。

下车了，诸葛老师拉开手提包的拉链，熟练地摸出香烟。"咔"——一团跃动的火苗出现了，一缕白烟升上天空；

"吱"——半根香烟香消玉殒。然后他拿出手机,按了两下:"喂!老朱!今天到我这吃饭哦,等下我叫阿姐烧只老母鸡吃下哈!来不……来的!哦,好好好,那么下班到我家里来。好,我再叫下老徐。拜拜!"诸葛老师回到家,坐在桃木大椅子上,心情像炉中的旺火,十分兴奋。他摁着手机,又打了起来。

二楼房间里,小诸葛用蚊子一样的声音说道:"怎么办?"

李珈伊和詹奇乐坐得笔直,像两个军人,严肃、认真,埋头做作业。

许路见她俩装成那样,不由得掩住嘴,像古代的淑女一样笑了笑。她碰了碰一旁的小诸葛,把脸凑过去,轻轻地说:"诸葛子誉,你去,告诉你爸爸我们做了很多奥数题。"许路已经知道事情的严重性。在老师眼里,姑姑就如母亲,是他生活的后援。他被姑姑宠爱成一只懒虫,已经离不开姑姑了。据说,他还要在这个小山谷里,造一座小房子,准备退休之后和姑姑毗邻而居,安度晚年呢。可见姑姑是绝对得罪不得的。

小诸葛嘟着嘴巴,像扭扭虫一样扭了扭身子,耷拉着脑袋,眨巴着眼睛,悠悠地吐出一句:"我不要。"然后缓缓抬起头,指着旁边的李珈伊,还没说出个"李"字,李珈伊就瞪了他一眼,放出一道闪电,直接把他"秒杀"了。小诸葛收回手,无奈地耸耸肩。

"詹奇乐!"许路看着詹奇乐,眼里闪着亮光,就像在眼睛里撒了一把亮粉,一闪一闪的。许路寄希望于詹奇乐的忠厚老实,准备让她去做炮灰。

詹奇乐眼皮都没抬一下,摇了摇头,继续做奥数题。这老实女也知道如何保护自己,再说今天的事情,她只是从犯,不是主谋,干吗让她第一个上战场呢?

"好吧,我去。"许路放下笔,用手指把嘴角拉上来,把笑容从脸上挤出来,硬把它贴上去。她走了下去,腿部肌肉像抽风似的抖着,走到诸葛老师身边,压抑住声音的颤抖:"诸葛老师,您回来了啊,我帮你泡杯茶去。"

诸葛老师微笑着,笑容像一团粉色的棉花糖浮在脸上,软软的,甜甜的:"许路,今天这么听话,还给诸葛老师倒茶!"说完,不住点头,心想:这丫头真是能干哦,这么小的孩子,有几个知道给大人沏茶啊。呵呵,看来这个干女儿没找错哦。

许路拿着杯子,低着头,脸绯红绯红的,就像红墨水喷到了脸上。她慢慢走进厨房,放下杯子,眼睛在厨房里搜索一遍,锁定一个茶叶罐。她走过去,伸手把罐子拿过来,打开盖子,从里面取出一小撮茶叶,放进杯子,提起地上的热水壶,拔开塞子,将壶嘴凑到瓶口上,向下倾斜。一股热气飘上来,透亮晶莹的水从壶口流出,淋到杯底干瘪得像葡萄干一样的茶叶身上。茶叶打了几个旋，漂了起来，在杯里跳着圆圈舞。水变成了清幽的淡绿，散发着一丝典雅的气味。茶面上，许路的苦瓜脸倒映其上。

许路端着茶，走到诸葛老师面前，心想：老师今天这么高兴，要是再加上我这么一说，嘻嘻！计划成功！想到这儿，不由得笑了笑，欢乐在脸上闪烁着。她放下茶杯，立正站好。

诸葛老师亲切的目光抚摸着许路："许路，今天早上你们干了什么事呢？"

许路脸上挂着得意的笑容，整了整刘海："我们做了四章奥数题。"

"哦！这么厉害！"诸葛老师眼睛里顿时像塞了金子似的放出光芒。

许路低下头，脸像熟透了的西瓜，说："诸葛子誉也做了四章，都是自己做的。"说完，巴巴地看着老师的反应。因为她知道，诸葛老师最担心的就是小诸葛不会奥数，这么一说可谓抓住了老师的心呢。老师听了，果然很是高兴，点点头，脸上浮起一片欣慰的红云。

许路急忙跑上楼去，小脚跳跃着，喜悦在心里涌动。她打开门，坐到位子上，趴在桌子上笑。眼里，一股诡异的光跳跃着。

李珈伊看见许路这样诡异的笑容，眼皮都跳了起来，声音像很久没用过的收音机:"计……计划……成……功了?"许路点点头,脸上挤满了喜悦的花。听到好消息,其他三个人脸上也缓缓露出一丝喜悦。

天空中的金光一点点凝聚,宛如被收回的蒲公英,好似破碎的水晶瓶,拼成完整的,放射出清新的光。

诸葛老师捧着手机,懒散地躺在靠背椅上,手惬意地拍了几下,习惯性地喊:"姐,我饿了!"离吃晚饭还有一段时间,客人还没到,他想着先填一下肚子,晚上还要喝点小酒呢。

厨房里并没有响起姑姑的回答。

"姐姐!"厨房里还是毫无声响,诸葛老师眼里闪过一丝狐疑。他把双手架在椅子的把手上,用力把身体支撑起来,那过程,似乎比帝王蛾出茧还要难。

"完了! 姑姑肯定会跟诸葛老师说的!"李珈伊眉头拧成一团,呲着牙,心塌下一个大窟窿,焦急在里面打转。其他人也崩溃了。

时间一分一秒地过去。每一秒,四个人的心都像躺在蒸笼里似的,直冒汗!

一池的荷花,一地的黄豆,一盆的泡菜。走进偌大的厨房,诸葛老师的嘴张成"O"形,双眼瞪得老大,接着,脸变成了铁青铁青,像一块生石灰被浇上水,"噌噌"地冒着热气。他进厨房时甩着膀子,吊儿郎当,出来时手不甩了,鼻孔呼呼冒着热气,像一头斗牛。那眼睛,黑的全翻进眼皮里,脚重重地砸在脆弱的楼梯上。

四个小孩本以为大事已过,嘻嘻哈哈地看《阿衰》。这打雷一样的脚步声,提醒他们:龙卷风,终究来了!

女生敏捷地把漫画书往诸葛子誉怀里一塞,迅速趴在了奥数堆里,似乎是一个专业的学者,皱眉、沉吟、推敲、验算……小诸葛却捧着《阿衰》,十足一个阿衰样,手足无措。

诸葛老师居高临下地盯着他,还没反应过来的小诸葛,迷迷糊糊地双手一递,神志不清地说:"爸爸,送你。"

三个女生使劲掐大腿才憋住笑,装出一副大难临头的胆小样。

……(此处省略诸葛老师控诉的5000字。)

"第一! 你们四个,在三天之内,做完《奥数大全》!"诸葛老师挥舞着竹条,磨着牙齿说。

"嗯……嗯。"

"第二! 没有姑姑的允许,谁也不能出门!"

"啊? 嗯……嗯。"四个小孩濒临崩溃,又看到全身在烧火的诸葛老师,应和着。

"第三! 那些漫画书全一把火烧了! 再让我发现,这种春暖花开的日子再也没有了,每人头上顶着一朵菊花过日子吧!"诸葛老师甩下这几句话后,不解气地跺跺脚,准备走人,忽然又好像忘记了什么,补充了一句,"再写一份五千字的检讨书！”

下楼时，诸葛老师瞪了一眼诸葛子誉。这一眼，足以让小诸葛骨头软掉了！还好他是人啊，要是只章鱼，估计小诸葛就变成灰了。

四个小孩蹲下身，双手抱头，因为有一群"炮弹"从头上飞过。

万家灯火，星星阑珊，他们互相安慰着。天都像被刺了一个大洞，发出黑色的光，像是上帝悲壮地发出叹息。

"一起烧吧。"

太阳渐渐西沉，月亮在云中若隐若现，就像一个少女，她把怜爱的目光投向还在写着检讨书的四个小孩。此刻，他们明白自己就是那美丽路灯下的小飞虫，一撞上去，才知道那是错的。

灯下的飞蛾

变色的红圈

做好事变成了闹剧,诸葛老师下了禁令:禁足三天!

正午的太阳像一个烤红的大铁球悬挂在空中,散发着热量,地面成了一个烤架,鸡蛋放上去都成了荷包蛋。

一个个热浪打在四个小伙伴身上。小诸葛像一条毛毛虫似的在床上扭动着滚圆的身子,小脚不停地踢着被子。

许路把被子放到一边,靠在墙壁上,塞着耳机,手指在屏幕上轻轻滑动,闭上眼睛聆听《没有明天》,心随着音乐飞扬起来。这时,墙壁上响起"咚咚咚"的声音。原来,是小诸葛在敲墙啊!他趴在墙上,嘴对着墙壁一张一合,像被冲上岸三分钟的鱼一样"许——路——,我不想睡觉,喂——,嗯——,好无聊啊——"

许路把手机音量调小了些,叹了口气:"的确,老是听歌也听厌了。"

"那我们申请不午休哦!"小诸葛一下子挺直了腰板,眼里一下子亮了起来,就像眼睛里升起了两轮太阳。

"OK,你去说呗!"

"啊！"小诸葛像泄了气的皮球，趴在床上，鼻子里起了鼾声，眼睛还闪烁着："我睡着了。"

许路摇了摇头，把李珈伊和詹奇乐叫了起来，踢开小诸葛的房门，恶狠狠看着他。

小诸葛前一秒张着嘴巴，眼里映满了惊讶，后一秒一个办法就蹦了出来。他抓起床底的被子，提到自己胸前，扑闪着大眼睛，扭着身子，用兰花指托着脸蛋，声音圆润起来，又细又柔又轻："嗯，讨厌，人家睡觉干吗进来嘛，弄得人家好害羞噢！"

许路叉着腰，冷淡的眼神击倒了小诸葛。

"好，我不装了。"小诸葛扭了扭身子，从床上滑下来，跟在詹奇乐后面。

许路带着三个小伙伴，来到诸葛老师面前："诸葛老师好！"

"好！"诸葛老师微笑着，脸上带着淡淡的粉色，就像清晨带着露珠的花苞，怎么，"你们不午睡啊？"

"嗯，我们想去捉知了，不知道行不行？"许路望着树林里正在开演唱会的知了，又看看诸葛老师。

诸葛老师想，毕竟是孩子，错误也犯了，禁足也两天了，估计他们也知道错了，就点点头，大手一挥："去吧！"

大家正走出一步，诸葛老师又叫住他们，从笔盒里拿了一支笔，边画边说："不要去游泳啊！"三个女生的手臂上多了一个红圈,小诸葛的屁股上也多了一个红圈。

"好,走吧!"诸葛老师话音刚落,孩子们就一阵风似的跑了。

诸葛老师伸长了脖子,张望着,担忧像蜘蛛网一样布满了他的脸。

"噢! 你别泼我脸!"突然河边传来嬉闹声。井浩在河里,一手遮着脸,一手向李明泼水,脸上的笑容就像沾着露水的粉色睡莲。

小诸葛站在河边,呆呆地望着他们,眼睛上刷了一层羡慕的颜色。

李珈伊瞥了一眼小诸葛,又看了看这水,眼里装满了不屑:不玩水就不玩水呗,反正这水也不知道干净不干净。再说了,下水更会晒黑! 她理了理头发,一甩头,转身向树林走去,对大家说:"走吧,去树林,你们不是想捉知了吗?你们快去呀,正好我在树荫底下不会晒黑。"

这句话没让大家注意,倒让井浩知道了四个人的存在。井浩停住了泼水,转过头来看着四个人,眼睛里映满了惊喜,就像把一串串霓虹灯挂在了眼睛里,对四个人挥着手:"诸葛子誉,你们来玩喂!"他喊着,声音里都跳动着快乐的音符,"来呗! 好玩的! 你不是这么保守的人吧!"

"不是! 我爸在我们手上、屁股上画了个圈呢!"

井浩一挥手,脸上露出了不屑的笑容,就像一个有能装满三幢房子那么多钻石的人收到别人的一盒钻石一样：
"切，我还以为什么呢！一个圈，等下再画上去不就得了！"

"噢！对耶！井浩，诸葛子誉来也！"小诸葛只留了短裤，就跳下水去，猛地拍起水花，和井浩玩起水来。

接着，许路和詹奇乐也像两只小鸭子一样跳下水去。李珈伊站在岸上，缓缓走到树荫底下，靠在树干上，用手抚摸着嫩绿的柳条。

许路瞥了一眼李珈伊，捂着嘴笑了笑，说："李珈伊，过来，跟你说句话。"

李珈伊听了，信以为真，从树底下弹起来，走到河边，正想问许路什么事。没想到许路拉住她的裙边，硬把她拽到水里去了。

小诸葛大笑着，脸上开满了快乐的花，捧起一个巨大的水花，朝李珈伊泼去。李珈伊抹了一把脸，虽皱着眉头，脸上却浮起了快乐的红云，把一个大水花扑在小诸葛身上。她正在背后偷笑时，小诸葛又泼过去一大捧水。

"我们来帮你！"许路和詹奇乐挡在李珈伊面前，不停地泼小诸葛。

……

快乐的水花不息地泼洒着，转眼间，清澈的水面镀上了一层金。

詹奇乐意识到什么，指着偏西的太阳："你们看啊！完蛋了!"

"啊!"大家满脸的快乐消失得无影无踪,担忧爬上了额头。大伙儿赶紧爬上岸,拧干衣服和头发上的水,对着太阳,张开双臂,脸上布满了焦急:太阳啊! 快点晒吧!

时间"嘀答嘀答"地流走,终于晒干了,大家赶紧跑到井浩家里。女生们拿起黑笔,在手臂的原位置画了一黑圈。房间里,小诸葛脱下裤子,指着右半块屁股,脸扭向身后的井浩,眉头拧成一团:"快点,画这里!"井浩点了点头,随手拿起黑笔一画,帮诸葛子誉拉上裤子,向他摆了摆手。诸葛子誉一边开门,一边跟井浩说再见,以一百米赛跑的速度追上女生。

到了家里,李珈伊脸上略带歉意:"诸葛老师,对不起,我们来晚了。"

诸葛老师脸上,红红的微笑里带着点阴谋的灰色,看着小诸葛扑闪着的大眼:"诸葛子誉,去游泳没?"

"没有",小诸葛软着身子,眼里闪着冤枉。他转过身去,把裤子一脱,露出一个黑色的圈。

诸葛老师看到了这个黑色的圈,心中的怒火就像一根点燃的火柴被扔到了一个油桶里,大火熊熊燃起。他一个巴掌打在他的屁股上,留下一个红红的掌印。诸葛子誉捂着屁股,眼泪像一场下不完的雨一样落了下来。诸葛老师瞪了一眼,怒火从嘴里喷出:"我画的是红色的圈,现在却是黑色的,难道这圈自己会变色?"诸葛老师又瞪了一眼女生们,像一颗炸弹扔在女生们心里,炸开了:"你们,去写五千字检讨,诸葛子誉也去!"

小诸葛屁股上,一个变色的圆圈和一个深深的巴掌印,那是一个调皮的做法和严厉的教训走过留下的痕迹。

"爸爸真不公平,怎么就打我呢?……这检讨书怎么写啊?五千字呢……我的天!"小诸葛一路走一路喃喃自语,挪上楼去。

过了一个小时,小诸葛的检讨书就完成了,几个愁眉苦脸的女生抢过来一睹为快。看了没一会,就忽然明白为什么写五千字检查对于小诸葛如此小菜一碟的道理了:

检讨书

今天是公元2014年7月22日,星期二。今天的天气是很好很好很好的,天上万里碧空无云,飘着朵朵白云。白云像大乌龟,慢慢爬;像莲子花,很漂亮;像井浩家的小狗,一窝窝的,很美丽……

看着这样的检讨书,几个女生顿时成了虾米,笑傻了。

无事亦生非

最近诸葛老师没啥公干,好像一头老牛找到了养生的角落,蜷缩在姑姑家不回龙游。这让几个孩子成了可怜虫,作业都快做完了,也真的没啥事干。老师在,就意味着不自由,还意味着一不小心,就得写那五千字的检讨书。幸好,他们已经磨炼出自己的笔法了,从"公元几几年"交代犯错误的时间,再写到"天上万里碧空"的气候,再写地上"小花小草"的环境,倒是一下子就能编出五千字来。这不,今天做好作业后,四个小孩得到恩准,出去放风半小时。

在这半个小时里,让我想起了雷锋出差,好事做了一火车的传说。不过那都是浮云,和诸葛子誉比,这句话应该改成:一个人一辈子做好事不奇怪,奇怪的是出去溜达半个小时,就能做一火车坏事,那才叫牛气。

夏日,阳光"哧溜"蹿上明晃晃的天空,膨胀的光芒向外迸射。晌午的风摇晃着柔软的枝丫。

邻居家——

"噼噼啪啪!"跳入炒锅的鱼儿翻腾着,大蒜和葱以柔克刚完美合作,让鱼一下子失去了灵性。锅底的油经过火的炙烤,爆成了小粒小粒,把鱼变成了"黄鱼"。

锅盖缓缓合上,妈妈俯下身来吩咐小伟:"儿子,拿着这个碗,到叔叔家打点酱油,路上小心点儿啊! 别倒了!"一个大碗落实在他手中,有些沉。

"哦。"小伟端着碗,朝门跑去,小小的背影,垂下一个黑色的稚嫩影子。有点儿灰,很单纯;有点儿朦,很懵懂;有点儿糊,很让人捉摸不透。

他迈开腿小步跑去。

婶婶看到小伟在这个时候拿着碗来找自己,不用想就是又来拿酱油了,酱油也挺懂事,一股脑溜到了碗里。

婶婶问小伟:"你妈妈真没记性啊! 酱油买了一个月,也买不到家里哦!"说着,笑眯眯吩咐,"小伟,慢慢走,别倒了。"

"乖啊,小酱油,别蹦跳哦。"小伟挪动着步子,小小步地行走,生怕辛苦得来的酱油溅出来,脚不抬起,在地面上打磨,轻轻地踢开每一块小石头,"不然,妈妈要打我的!"他轻轻嘀咕。

小诸葛看见小伟的小影子,端着一个搪瓷碗,一蹦一跳地跑进一间小瓦房内。他脸上浮现出一个灿烂的笑容,对三位女生说:"哎,几位妹子,要不要找点乐子啊?"

三个女生正闲着没事无聊,随口问:"什么乐子啊?"

"喏,看那边,那个小不点又去借酱油了。他妈妈已经借了三天了,没记性的主。我给你们找点乐子哈!"小诸葛的脸上有着一种胸有成竹的笑,让人捉摸不透。

他一扭一摆地走了过去:"小伟,慢点儿。"

"嗯嗯,什么事啊?"小伟双手紧紧捧着半碗黑漆漆的酱油,酱油泛起的涟漪,让他如履薄冰。

这时,一双登山鞋站在了这双黑布鞋前,小伟抬起清亮亮,如同两颗玻璃球般的眼睛,看见了这个面容俊朗,脸上却萦绕着诡异笑容的小诸葛,奶声奶气地说:"麻烦你,让一下好吗?"

"你看,你的碗漏了哩!"小诸葛眼一斜,用手指指碗底,眉间溜过一丝难以捉摸的笑。小伟的眼"唰"地放大了几倍,端着碗左看右看,像是在鉴赏稀世珍宝,鼓着腮帮子,睫毛一扑一扑,然后轻轻地将碗翻了个面——"哗",酱油一下子倒光了。

"哈哈哈哈! 太……太逗了呀!"诸葛的大嘴巴咧了开,恶作剧细胞放射出的电流让他整个身子都抽动了起来,如同跳着摇滚舞。

小伟哭得似梨花带雨。回到家,妈妈知道了,就换了一个玻璃瓶,安慰小伟别哭了,让他马上再去一趟。

三个女生看到这,才明白小诸葛想干什么。

许路瞪着眼睛说:"诸葛,你也太损了吧! 你看那孩子都被你捉弄成啥样啦!"

小诸葛不屑一顾,说:"玩玩,开心,哈哈哈!"

过了只一会儿,小伟又出来了,拿着个小瓶子,看到小诸葛说:"哼,再不会倒了!"说完一仰头走了,给了诸葛子誉一个凉凉的背影。

三个女生哈哈哈笑了起来。

小诸葛说:"你们笑啥,看我的好了。嗨,现在连婴儿都会牛逼哄哄了,不给他点颜色还真不知道我诸葛后代还有两把刷子啊!"

女生们心想,我倒要看看你还有什么招术。

这时,小伟又出来了,小诸葛又拦住了他。

小伟倒退两步,下意识地把瓶子往衣服后面掩一掩,昂着稚嫩的脸,顶着毛茸茸的头,挺着胸,仿佛捏着嗓子般细里细气地问:"干吗?"

"小伟啊,上次你说你家的冬瓜最大吗? 告诉你,你家的冬瓜没我家的大! 我家的有那么大呢!"小诸葛用双手做熊抱的样子,比画着,脸上满是骄傲吹牛的神色。

小伟最喜欢和别人比,一听有人的超过他家的冬瓜,不服气了:"我不相信,我家有那么大!"小伟的脸涨成牡丹般的粉红,着急地比画着。此时,他只有一只手拿着瓶子。

"我家有那么那么大!"小诸葛斜着眼,画了一个更大的圈。

小伟十分不服气,跺了跺脚,双手一松,扬起来画了一个更大的圈,大喊:"这么大……"在这瞬间,瓶子被甩了出去,摔在一块石头上,酱油溅出了无数黑雨点,把石头染成了红石头。

小诸葛哈哈大笑,心里嘲笑小伟:"天下之大,也大不过你缺的那块心眼!"留下呜呜哭着的小伟呆在那里,半天也清醒不过来。

几个女生连忙跑过去安慰小伟。许路跑到半里路外的小店里,用自己的零用钱给小伟买了一袋酱油,算是给惹是生非的小诸葛"擦了屁股"。

几个女生又凑到一块,把小诸葛骂了一顿,心里暗笑:这个诸葛,可能还真的是诸葛亮的后代,怎么有那么多的鬼主意。

这时,路边走来一个小女生,穿着白花裙,好可爱。她一下子吸引了他们的眼球。

她叫小百合,手里拿着一个烧饼。烧饼胖乎乎的身躯上嵌着一粒粒白的、黑的芝麻,就像一件精美的礼服上缀上宝石,那胀起来的烧饼皮,就像薄薄的蝉翼,都能看见里面的馅了。那黑白交错的馅挤在一团,要冲出来似的,小小的壳似乎容不下它们。

小诸葛咂咂嘴,咽了一口口水,摸着下巴,皱着眉头,思考着,眼睛变得深邃起来,就像一个黑黑的,望不到头的山洞。忽然,山洞里明亮起来,就像太阳为了躲避后羿的追赶,躲了进来。诸葛子誉舔了舔嘴巴,走到小百合面前,抖着脚,用手指着烧饼,斜着眼睛看着,做出一个惊讶的表情:"你这个不好吃的!"他边说,边用脚点点边上的一坨鸡粪,"喏! 鸡粪!"

李珈伊说:"小诸葛,你别捉弄孩子了。"

詹奇乐也说:"是啊,你干吗老和孩子过不去啊?"

小百合连眼皮都没抬一下,张大嘴巴,却只轻轻咬破一点饼皮。她把上下两片嘴唇向边上掀,使嘴唇不碰到饼,以防把饼皮弄坏了,两排牙齿微微张开一点比黑线宽的缝,向烧饼凑去,结果还没凑到,"吧嗒"口水掉下去了。她把那点皮含在嘴里,也不嚼,只舔舔,就把它用口水粘在上腭上,然后再抬起头看了一眼小诸葛:"鸡粪,干吗?"

"你那里面是鸡粪!"诸葛子誉指着烧饼里的馅,装出满脸厌恶的神色。

小百合睁大了眼睛,看着烧饼里的馅,黑跟白交杂在一起,一块一块的,还真有点儿像鸡粪呢! 她的眉头不禁像编麻绳一样拧了起来,眼里闪烁着疑惑,就像剪下了太阳的一个光晕,镶在眼睛里。

"里面黑黑白白的就是鸡粪,这个鸡粪烧起来会变硬,成一块一块的!"诸葛子誉像真的有这么一回事似的,绷着个脸,瞪着个眼,十分认真。

小百合眼里水灵灵的全是焦急，脸皱成个核桃似的，心像被蚊子叮了好几个包，痒极了，又没办法抓，眼睛直勾勾地盯着馅看，嘟着个小嘴。最后，她扭了扭身子，把嘴巴翘到天上，用手抱着大半个烧饼，露出一小块来，说："那你吃吃看啦！"

小诸葛见计划快成功了，脸上不觉露出一丝微笑，漫在脸上舒展开来。他把嘴凑过去咬下一小口，牙齿都碰到小百合手指了。他咂咂嘴装模作样地皱着眉头，一副学者深思的样子："嗯，这么一点，没吃出味道，好像……好像是鸡粪！"

"啊？"小百合看着那烧饼，眼睛里满是惊讶，手往下再露出了大半个烧饼，声音都带着满满的不情愿："那，那，那你，你再吃一点啦！"

诸葛子誉见了，大咬一口，然后慢慢咀嚼品味着，然后吞了下去，还美美地舔了遍嘴唇。可等小百合转过脸来看他的时候，他就像变脸一样，忽然换了一副模样，皱着个脸，吐着舌头，双手不停地扇着，像呛了毒药一样痛苦："这里面的味道真的很像鸡粪！"

"不可能！"小百合跺着小脚，粉嘟嘟的小脸蛋加上羞恼的渲染更红了，"你拿着，我找爷爷问问！"她把剩下的烧饼往小诸葛手上一塞，像被惹毛了的公牛一样去找爷爷算账了。

小诸葛用手掩住脸,看着小百合,笑得满脸开花,把烧饼往嘴里一塞,像见了猫的耗子似的,"哧溜"一声跑开了。

几个女生笑也不是,哭也不是,看着远去的背影,不由得摇摇头,回去了。

许路说:"咱们啊,不能放过这坏蛋诸葛,把他欺负小朋友的丰功伟绩记录下来,做个女司马迁如何?"

"好!"三人异口同声地回答。

许路长叹一声:"咳,'无事生非',也许就是这个意思吧!"

情断兰花魔

诸葛亮后代诸葛子誉于2014年7月25日中午害人倒掉酱油,受害者年仅五岁,男孩,被弄哭。然后又招惹小女孩……这些丰功伟绩是经三个女生轮流书写,记载在一本"诸葛氏族谱"上的。

小诸葛不在时,女生们就拿它解气:"小样儿,小样儿,让你叫我小样儿,现在不知道谁是小样儿呢!"李珈伊一改往日的温柔,张开"血盆大口",开始"血口喷人"了。

大班长许路甚至想将扔在地上的"诸葛氏族谱"一脚踩扁,却被詹奇乐拦住了:"要想让后人知道他的丰功伟绩,只有一个办法——好好保存,让上面的字迹越清晰越好,难道不是吗?"她朝许路挑挑眉,好像在用脸问她。

许路点点头,轻轻放下高抬的脚,捡起地上的"族谱",用目光"秒杀"它。那股痛恨的电流通向四方,也电到了小诸葛的软肋。

静谧的夜,月光剪下一段轻柔的幔子,披散着,渲染着。

"你说你,不该骂的骂,不该打的打,不该说的说! 知道该干什么干什么去吗？"透着微微灯光的窗纱后，小诸葛低着头坐在床边。三个女生觉得诸葛子誉坏事比雷锋做的好事还多上一火车，就一人搬了张椅子，坐在他面前，摆好了与他彻夜长谈的架势。再这么下去，小诸葛成了坏蛋，她们自己也好不到哪里去。要挽救他——这是她们共同的想法。

詹奇乐与李珈伊抱着手，吊着细长的丹凤眼，跷着二郎腿，得意扬扬地冲他晃脑袋。"诸葛亮的后代？你真是青出于蓝而胜于蓝哟！"许路晃晃脑袋，脑勺上高高扎起的辫子随意抽打着空气。那束辫子就像把利刃，肆意抹杀空气里的甜蜜气息；那根粗壮的马尾辫略带挑衅而且毫不留情地甩在了诸葛子誉的脸上，像是黑色的闪电。

"哼！"诸葛子誉略带嫌弃地望着许路，其实是在斜眼"偷窥"许路在干什么，这样，就可以知道她在想什么了。许路掏出被遗忘在裤袋里的手机，在百度里搜"如何将害人精'驯服'呢？"

"农村里又没有Wi-Fi，怎么那么做作？矫情！"小诸葛正准备加载许路的内心，可就在加载到百分之九十九的时候许路的思想被切断了。

"算了，到时候把你卖了就行了，不用这么麻烦。"许路逗趣地在小诸葛的脖子上用手划一下，像是个刽子手，判断能最快处死囚犯的方位。眼里好像有一层永不融化的冰,上面是深邃,下面是无法言说的渲染上的黑褐色。

在姑姑的再三催促下,三个女生才意犹未尽地离开了。小诸葛在床上翻来覆去睡不着,目光仿佛古井之中投入了一个火把,也像是一株植物破土发芽。为了不受女生的凌辱,他发誓:一定要洗心革面,重新做人!

第二天,阳光直直地射在太阳能板中心,光滑的表面又映出一个太阳,像军用电筒照着你,眼睛怎么也睁不开。油条般的被子和枕头、衣物堆在一起,像座假山,屹立在床头,小诸葛把它当靠背。

他把双手放在脑后,心想:我真的有那么邪恶吗?哎,没办法,只有我一个男的,她们一定和我对着干,看来我得"修炼"了。可……没有我帮得上的呀……对了,兰花!这几株兰花,是姑父明媒正娶的"二房",心血都花在它身上了——让姑姑嫉妒得发狂。

小诸葛一眼就望见了那几盆兰花,那兰花紫色的花瓣呈扇叶形,微微睁开它的一颗露珠似的花心,一股沁心而又淡雅的香气阵阵环绕着,怪不得满屋都是甜甜的香气。他轻轻挪着那盆兰花儿,轻柔地抚摸着:"啊哈哈!我的'名声'可都靠你了哦,小花儿!宝贝儿!"他学着妈妈叫他的语气,脸上充满了得意和憧憬。他立起身子,又拾回了自信,就像在推倒棚户区后的空地上,建起了高楼大厦。他自言自语道:"加油!"

天,是那么蓝,像是他那自信满满的心。几只小麻雀在天空划过一道道弧线,它们不也在为小诸葛加油吗?

小诸葛穿上他最爱的拖鞋,走到衣橱边,拿开几件衣服——是爸爸的电脑——一个"被咬了一口的苹果"。他要百度一下养兰花的方法。

"原来兰花性喜阴,忌阳光直射;喜湿润,忌干燥;喜肥沃,忌贫瘠呀。"小诸葛的脸上露出一丝笑容,那笑是多么欢乐、纯真呀。此刻,有谁能看出他是个"坏小子"呢?

"滴",关上空调,"啪",合上电脑。小诸葛下楼去了,心想:听说,这是姑父到山里,无意中发现,然后花尽心思,冒着生命危险从悬崖上挖来的咧,我得保护好它们。

"多浇点水。"小诸葛像关公似的涨红了脸,咬紧牙关提着水。一个身子大小的水桶摇晃着,身体也晃动起来,但又不会倒下,像被人打了一拳的不倒翁。桶里的水也摇晃起来,跳上桶壁,留下珠帘般的水渍。

"哗——"水被倒进了花盆中,仿佛他自己也感受到了一股直沁肺腑的清凉,可它喝不下,盆地出现了一个圆形的黑色。小诸葛看着自己的战果,思量着:好像还是不太完美。对了,喜阴,也不能太阴了吧,总得有些阳光进行光合作用吧。姑父都好多天没搬出去了。"嘭!"大花盆触地的声音真响,似乎地面是一架鼓,那花盆就是打鼓的棒子。"就晒一会儿,我去找点肥料。"

小诸葛心想:姑父家的肥料一定都用在莲子上了。不如,我去找爷爷吧,他可是个资深的老农民。

太阳越发猖狂了,持着紫外线机枪,射出让人难以忍受的光线。听,知了都叫得更响亮了,但小诸葛像是在九月天似的,没有感受到强烈的阳光,只剩下清凉的秋风。他头上的汗不时划过脸颊,留下几条银丝,但这就像是雨水一般,清爽着他的心。

"爷爷,什么东西最肥呀?"小诸葛眨着眼睛,对着爷爷,露出真诚的笑。

"牛粪哇!"爷爷一脸平静,"你要它来干什么?"

"我养了盆花。对了,有没有不脏的肥料呀?"小诸葛想象那牛粪该多脏啊,锁着眉,一脸嫌弃的模样。

"喏,化肥。"爷爷满是皱纹的手提着一袋白花花的东西递过来。小诸葛半信半疑地接过,用手戳戳,是一粒一粒泡沫般的小白点。"这花一定会被我养成万里挑一的好花的。"小诸葛拿着一袋尿素,心想:"兰花呀,你可要长肥一点儿啊!"

回到家,便开始行动。他端出一个小碗,像珍惜恐龙化石一样盛了一勺水,拌匀,倒进去。半天后,兰花的根部有点泛白,花尖儿也开始泛黄。

麻雀叽喳,燕子呢哝。小诸葛左看右看,见兰花一点起色也没有,软软地耷拉着,形成180度"鞠躬",不由心生疑惑,认为自己施的肥太少了,又盛了一碗倒扣下去。

兰花从一位高贵的公主沦落成一个灰姑娘。他用一双手把兰花拔出来,把剩下的尿素都倒在了盆子的底部,再窝成一个小土堆,然后把兰花栽了下去。

晚上,小诸葛梦见姑姑姑父狠狠表扬自己,三个女生一脸崇拜,恨不得叫他"大哥"……以至于咯咯笑出了声。

而姑姑却因为压制不住睡相不老实的小诸葛而失眠了。

太阳起起落落,都那样三遍了,今天是它第四次升起,洒着暖暖的光,它向彩虹借来的颜色,都被绣在它的光里了。模模糊糊的光晕照进了小诸葛的房间,仿佛他即将成为今天的命运宠儿。当然,暂且未知,是梦,还是一片寂寞的肃然。

他怎么可能知道,自己正在摧毁姑父的一个兰花梦。那几束兰花,是从后山的悬崖上挖来的。姑父当时拿凿子在山底凿了个最多可以容一个铅笔盒塞进去的洞,然后把脚踩上去,又开始凿,又踩又凿,又凿又踩。这样,没完没了的几十次,终于看见兰花的一点点嫩叶了。姑父还险些掉下去,不过还好没受伤,终于得到了那块狰狞的岩石缝里的兰花儿。姑父的心愿就是将这盆兰花养育好。可小诸葛哪知道,他做的那些蠢举动,害得那几株兰花的尸体被埋在夏天的风里。

……

"老婆,你把手上的活放一下!"姑父满脸寒冰。

小诸葛大热天却打扮得像神经病一样,睡袍是纯棉的,谁能管管他哟!姑父没把姑姑叫来,却把诸葛子誉叫醒了。

见到姑父那一脸被辜负了的表情,就知道兰花的事情要败露了。他可怜巴巴地望着姑父的眼睛:"姑姑姑姑姑……姑父,早上好!"

"好。"姑父只说了一个字,眼睛却望着厨房,等姑姑出来。

诸葛子誉用茶杯挡住了姑父那个锋利的眼神,不敢与姑父对视。

"咚咚咚"有节奏的声音越来越近。天哪!姑姑来了,怎么办?"我,我去上厕所了啊!"小诸葛见缝插针,逃走了。

"干吗,干吗!把别人都吵醒了!不能轻点啊!弟弟还在睡觉,别吵!"姑姑下来了,穿得很古朴,上身格子衬衫,下身短牛仔裤,丝毫不搭调,冲着姑父呵斥道。

"你,你看看,兰花怎么解释?嗯?!"姑父指着那盆兰花,手指尖上还冒着一点点星火。

"啊……怎么变成这样了……我怎么知道?我又要剥莲子、晒莲子、洗衣、做饭,我忙得过来?我还帮你照看兰花?我已经……欸……诸葛子誉说他照顾的啊?!"

"诸葛子誉?!"姑父倒吸一口凉气,顿时明白了什么:"罢了,罢了。"

幸好姑父还年轻,否则一口气下去,还真说不定出点什么事儿呢。

天使与魔鬼

看着那枯黄的花瓣,小诸葛的心凉了:自己怎么就把姑夫的"二房"折磨死了呢?他想要为大家做点事,而不是给大家制造麻烦,但他力不从心,次次都是曹操下江南——来得凶,败得惨。他心想:大家一定厌恶我,要是还能再有一次机会证明自己就好了……严老师不是给了社会实践活动的作业吗?她们一定还没做。

太阳仿佛一个鸡蛋,被天剥去壳后,留一颗诱惑的蛋黄,躲在一片云彩后面,悠悠地放出柔软的光。花朵迎着阳光,飘散出爱心的气味,草儿也散发出淡淡的清香。

"许路,你是最最最伟大的班长,严老师布置的暑假作业,要求我们去社会实践活动,你说该怎么办?"小诸葛可怜巴巴地望着许路,一脸的膜拜,像在羊圈里饿了几天的小绵羊见到食物一样。

许路冷冷地白了一眼小诸葛,鼻尖微微泛红,心想:这小诸葛平日里无事不登三宝殿,一有事就温顺得像小白兔。可是师命难违啊,否则,怎么叫作业?她勉强点头答应说:"那就去吧。"

"这次，我们一定得做些好事儿了，不然，咱们的形象就像是泼出去的水，收不回来了！"李珈伊皱着眉头说。

"就是，我可不想让诸葛老师一直认为我是捣蛋鬼！"詹奇乐理了理马尾辫，粉嘟嘟的脸上生了一层埋怨的红锈，眼睛瞟着诸葛子誉。

小诸葛扭过头，半眯着眼，咧开那一口大板牙，像是啤酒的颜色，也有啤酒的冰凉，总让人感觉不踏实。

小诸葛说："喏，那张大爷家一副对联破破烂烂的，许路你毛笔字写得好，去给他换一副呗！"

许路从书包里翻出一支笔尖略显墨黑的毛笔，又提起两面皱巴巴的无字小红旗，挥笔写道：家事国事社区事，事事关心；你来我来大家来，奉献爱心。

苍劲有力的撇捺，短促有力的横点，像玉帝封下的天条，让人赞叹。

詹奇乐换了双登山鞋，把对联粘在两根小毛竹上，擎着"对联小旗"，像个导游似的带领大家向张大爷家出发。

一片翠绿的稻子，优雅地舞蹈着，蝴蝶在花丛间穿梭。僻静的田野边，用瓦拼成的小房子像守卫似的立着，墙微微变黄，像外国孩子的发丝。零落的瓦片铺在屋顶上，烟囱里冒着缕缕轻烟。

张大爷的家在田野边，那是一间二十多平方米的土房，由于风吹雨打，房顶破破烂烂，像是蛇蜕的皮，脆弱易碎,宛如一个蜗牛壳。

院落的门把手已经生锈,稍稍一扭就会"吱呀"一声打开。詹奇乐睁大眼睛,伸长脖子想看清黑暗中的一切,看清后,手上红红的对联"啪"掉在地上。

"谁啊?"破旧的床上坐着张大爷一人,穿着白衬衫。脸像一个过期的馒头,老年斑多得跟夜晚的星星一样,苍白得像是漆刷上似的。手脚的骨头明显凸出,像四根树枝插在一块硬邦邦的钢板上。一双手瘦得只剩骨头和皮了,就像把两只鸡爪子装在人身上。他转了转苍老的眼球,皱纹里三层外三层能夹死蚊子,笑比哭更吓人。浑浊得像黄泥潭一样的眼睛里飘出来的目光也像云朵一样软绵绵地抚过四个人。

他笑了笑,脸上浮起一丝无力的红:"孩子们,你们来干吗?"

"我们来看看您!"

张大爷摇着用竹丝编成的扇子,小背心一抖一抖的。他慵懒地打了个哈欠,眼皮不听话地盖在眼珠上,又"咻"地弹了起来,满脸慢慢堆上了笑容:"子誉呀!哟,长高了!快快快,让爷爷仔细瞧瞧!"说着,要去摸小诸葛长方形的脑袋。

"爷爷,你瞧瞧,你门口的对联都像泡在水里一样,褪了色,不好看!"小诸葛连忙闪到一边,一本正经地说,"我们今天给您送了一副新的,瞧瞧!"

张大爷连忙戴上老花镜,眯着眼不住地赞叹。平日里不大有客人,他找了几张七歪八扭的椅子,用袖子擦擦,让大家坐。又打开木头柜子,除了几盘香油也没什么了。他拎来锈迹斑斑的茶壶,为孩子们倒点水。

他们看见水上漂浮的铁锈状的沫沫,迟迟不敢下口。

张大爷难为情地搓搓手,抱歉地笑了笑。

小诸葛看见门前的小花,一脸哀丧的,花朵七零八落,腐烂在土地中,叶子也被蚜虫啃了一个又一个洞。他想给花浇浇水。他在洗衣台下拉出一个水桶,打满了水,在清水蹿上来的同时,他也阳光明媚地笑了。

小诸葛扭了扭腰,压了压腿,吃力地举着水桶,往上一泼,水"哗啦啦"而下,像是天空的水库开了闸门,花叶上的灰尘没了。同时,张大爷晒在竹竿上的衣服被晕染得斑驳,一件一件往下滴着水。一颗颗水珠打在小诸葛脸上,顺着脸庞落下。

张大爷走出门,水滴也一滴滴打下,如同泪水划过他的脸颊。

"这个……张大爷,我帮您把地拖了吧。"说完,詹奇乐故意从小诸葛身边走过,趁机狠狠地给他一个白眼,然后走进卫生间,拿起拖把,放进水池里。右手抓住水龙头开关,向右转着,"吱——吱——",破旧的水龙头,发出如石头划玻璃一般刺耳的声音。转了七八圈后,水龙头像是被什么卡住似的,动不了了。詹奇乐见向右边转不了,又往左边转了转。水龙头开关旋着,像是一个穿着灰裙子的灰姑娘在水龙头上转圈儿。可转了几圈,水龙头又不动了。

詹奇乐把拖把靠在一边,叉着腰:"这水龙头咋跟诸葛子誉这么像,活干一半又偷懒不干了!"詹奇乐越想越气,怒气挤在心里难受得不得了。终于,气愤全冲了出去,积在手上。她把开关用力向右一拧,"哗——"水像在牢里关了三十年的罪犯刚释放出来,看见亲人,飞快地奔了过去。

这下终于有水了!詹奇乐笑着,脸上开出了一朵朵欣慰的花。

她把拖把放进水里,像捣年糕一样上下捣了会儿,就把拖把放下来,准备关掉这"瀑布"。她不停地向左拧着。水从水沫飞溅的瀑布到涓涓细流的水柱,到滴滴答答的小雨,继而又号啕大哭起来。詹奇乐又转了一圈,水还是像林黛玉葬花时一样抽抽噎噎的,哭得梨花带雨。

这时,她深吸一口气,屏住呼吸,轻轻地一拧,结果又过了头了!终于,詹奇乐沉不住气了,大声喊道:"许路,这水龙头坏啦!"

"啊?"大家都呆住了,该不会又好心办坏事了吧?

张大爷的脸也扭曲了起来,像张揉成一团的纸,心里疼得像千万只虫子在咬着。

小诸葛龇着牙,脑子飞速地转了起来,忽然,他眼睛一亮,像是眼里忽然又造了两个小太阳:"我找姑夫来修!"他伸出舌头,眼睛看着上方,右手在袋子里狠命地掏着,终于拿出了手机。他按了几个键,过了一会儿,说:"姑夫,你快点过来啦! 火烧眉毛了喂!"

"你又把别人家的房子烧掉啦?!"姑夫心里突然塌下一个大窟窿,担心撕咬着他的心,连脚都软了。

"不是啦,你快点过来,张大爷家就是了。嗯……是那个……水龙头坏了。"小诸葛声音越讲越轻,身子越来越软,最后都能和煮熟了的面条相比了。

听了前半句,姑夫心里的窟窿填好了,可一听后半句,又塌了下来。他挂掉电话,跨上那辆排气管都破了的摩托车,到了张大爷家。

姑夫第一件事不是换鞋,而是瞪了小诸葛一眼,提着个工具箱进了卫生间。"叮叮当当"十几分钟,就提着箱子出来了。

此时,小诸葛真想给姑夫一个爱的抱抱。可是,姑夫身上每个细胞都张开着大口,想扑到诸葛子誉身上狠狠地咬一口,让他怎么敢!

姑夫给张大爷赔了个礼之后,转身就走了,只给小诸葛留下一个冰冷的背影。

李珈伊把目标锁定在一面"五彩斑斓"的镜子上。镜子两边刻着盘腿而坐的观音菩萨,双手合十,在不厌其烦地念经。明亮的镜子像美女的脸,被小孩横一条,竖一条地画上了五彩的斜横。

李珈伊抓起一块抹布,轻轻地站上板凳,像附近有地雷似的摸索了一阵,慢慢地用抹布在镜子最上方抹了几下。斑点像被固定了似的,怎么擦也擦不掉。这些苍蝇屁股留下的宝贝疙瘩,在岁月的侵蚀下,都是精华了,怎么擦都撼动不了它们扎根玻璃的决心。李珈伊的额头上渗出了细细的汗珠,像小蝌蚪,一溜烟地冒了出来。

小诸葛一把夺过抹布,把李珈伊打发下去,站在板凳上左抹右擦。"砰"!镜子似乎承受不了小诸葛爱的重量,碎了个洞。玻璃片在空中打了个转儿,掉在地上,飞出一个优美的屈体前空翻720度,"哐啷"一声掉在地上,粉身碎骨了。

......

唉! 能力不足啊,帮个人都帮成这样! 四个人排成一排站在张大爷面前,低着头,满脸的羞愧。

许路瞥了一眼张大爷,细细的声音里载满了愧疚:"张大爷,对不起,镜子的钱,我们会赔您的。"

"没事儿,不用,你们都是乖孩子。呵呵!"张大爷抚摸着许路的头,欣慰萦绕心间,笑容犹如柔柔的月光,"好了。忙了半天了,你们也累了,回家吧。常来陪陪爷爷就行了！"

　　爷爷流下的感动的泪水，划过苍老的脸颊，滴在地上，蔓延开来，那是他对孩子们真挚的喜爱与呵护。"你们都是好孩子，善良，有爱心。"口齿不清的他点着头，握着小诸葛的手。那一刻，小诸葛最是温暖。

　　夜深了，姑姑家熄灯了，小诸葛也睡了。但，他的脸上挂着月光般皎洁，烈日般热情的笑容，那是从未有过的，新的感受。他内心深处，又一次被净化了。

一场小虚惊

一连串的失败就像一个个铁锤打碎了小诸葛的自信心。幸好诸葛老师去新加坡出差了，令孩子们疯狂着迷的乡野传奇，也只剩姑父了，也许姑父能带他走出泥沼。

姑父四十多岁了，和村里所有的孩子打成一片，连狗见了他都甩着蹄子围着他跳舞。姑父喜欢咧着大牙，袖子随意地挽着，露出结实的手臂和闪亮的手表，显得体面而又不拘束。他喜欢围着男女老少，一副宝刀未老的样子说得唾沫飞溅："当然啦，想当年我当兵时……"嘴角溜上一丝得意，像在宣读诺贝尔文学奖似的，花一朵朵地蜿蜒上他小麦色圆润的脸。

可是今天，姑父却没有心思玩，半靠在床上，捧着手机生闷气。小诸葛与女生恭恭敬敬地走过来，姑父连眼皮也没抬。

这种变化，让女生们有点手足无措。

"姑父啊，听说你以前当过村书记，可神气了！"詹奇乐撩起裙摆，慢悠悠地坐下，双眼中放射着崇拜，像狐狸油嘴滑舌地哄骗山中大王似的。

这句话像是一把灭火器,把姑父的火浇灭了。他以前可是书记,小诸葛知道他退职之前的辉煌事迹一直无人问津,这一句可打开了他的话匣子。

姑父说得很起劲,添油加醋,三分真七分假,但孩子们依旧听得认真。他觉得,这样的好听众是不多的。你说话,他们会很安静地聆听;你停了,他们又问"然后呢",使你觉得你说的话很重要。那些语句仿佛会咬人似的,这儿咬一口,那儿咬一口,即使再痒,也不能抓,因为假如你挥手赶走了它,下一群饥饿的语句又萦绕上来。

四个人七嘴八舌地夸奖姑父,幸亏姑父没有尾巴,否则都要翘上天去了,跟云彩玩捉迷藏哩!

小诸葛见姑父的脸庞渐渐红润,朝正在吹捧的李珈伊翘了大拇指,挤出满脸的笑容,眉毛一耸一耸的。他像朵霸王花似的迎上去,语气中满是敬重:"姑父,你英明神武,英俊潇洒,那可是个大好人,所以,可不可以给点……"说着,小诸葛用大拇指和食指上下搓动着,做出"乞求状"。

"多少?"姑父绷了绷脸,掏出一张皱巴巴的二十元纸币,"给,够了吧。"他白了小诸葛一眼,心想:真扫兴,我说得正起劲,这小子冷不丁插进来一句。给他算了,难得有这么好的听众,我得好好用我的事迹教育他们。

"谢谢! 谢谢姑父! 你上辈子一定是观音菩萨转世啊!"小诸葛接过钱,得意地耸耸肩,干笑了几声,眼睛都发亮了。小诸葛倒是不在意这钱的多少,关键是被爸爸知道了,从头到尾的光辉事迹就要好好交代一番,说不定也要被"想当年,爸爸我……"之类的教育半天,那多烦啊。姑姑和姑父再怎么骂,再怎么批评,都如大雨浇了沙坡地,一会儿就没了。而爸爸的话,那眼神,如刀子一样,实在是吃不消。

当姑父终于没话茬时,小诸葛连忙趁热打铁:"姑父,别人家的小孩都有小鸟玩,我却没有,他们都笑我……"说着,委屈地低下头,一边对身边的许路挤眉弄眼。

姑父"豪气忽来书能下酒",大手一挥,说:"不就是鸟嘛!来来来,带你们去抓……"说罢,他赶紧换了双登山鞋,把墨镜擦得锃亮,潇洒地在前面带路,一脸的阳光。

四个孩子暗暗庆祝,簇拥着一块儿走出门。

竹林成海,翠竹接天。柔和的阳光游出叶的缝隙,斑驳了石头,温暖了泥土,融化了青苔。参天大树撑开巨伞,挡着一片阳光,光芒在树梢的空隙处,撒下一把金钻。山阴道上,满眼翠绿,凉风从许路的裙摆拂过。哦,这里简直是"人间天堂"啊!

一路上,孩子们跃跃欲试,压腿、扭腰、伸展胳膊,像是过节一般兴奋,又仿佛要去做一番惊天动地的伟业,兴奋之情溢于言表。

姑父睁着棕色的瞳孔,指着一棵粗壮的大杉树,枝丫上建着一个用稻草编织成的鸟窝,雏鸟张大嘴,嗷嗷待哺。"看,这上面就是布谷鸟。"忽然,姑父好像想起了什么,像告诫白雪公主的小矮人似的,压低声音,神秘地说,"记住哦,你们自己千万不能到山上来捉鸟,否则森林警察会来捉你们的!"也许他看到山路陡峭,心里升起几丝担忧。万一不小心出了什么意外,家族就小诸葛一根独苗,靠谁传宗接代?女生家又会罢休吗?于是,就随口编了一个俗不可耐却百试不爽的理由,却不知道一句随意说的话,差点闹出大问题来呢。看着四个小孩有些惊恐的眼神,他不由得放心了。

这时,姑父像是把太阳光全聚集在自己身上,眼睛突然亮了,立刻像特种兵一样举起右手,示意孩子们退后,然后轻手轻脚地往草丛靠近。

翠绿的草丛里冒着一根似鲜血色的羽毛,还不时晃动着。姑父踮着脚尖儿,迈着小碎步。一会儿,眼皮"啪"地弹起来,迅速隐蔽到草丛后边儿。瞧,野山鸡迈着优雅的小碎步,慢悠悠地走动着。姑父向四周观望了一下,顿时计上心来:看我的皮弹弓神技巧!

只见姑父拉开弹弓,"砰"一声,击中了山鸡的脑袋。山鸡趔趔趄趄向前跑了几下,脑袋一歪,晕了过去。姑父大步一跨,一把揪住它毛茸茸的脖子,提了起来。整个过程十分简单,像是做"99+1"的算式。

孩子们一蹦一跳地围上来,叽叽喳喳地夸赞姑父。

姑父像是一只孔雀,翘着尾巴,滔滔不绝地开始讲述自己的弹弓神技是怎么练成的故事,说得自己简直和后羿射日一样神奇。

这时,一个人影晃晃悠悠地走上来,指着姑父大喊:"陈永斌! 陈永斌! 站住! 站住!"不远处一位警察模样的人出现了,裤腰上挂着电击棒,一只手指向姑父,大喊:"陈永斌! 陈永斌! 站住——"

小伙伴们相视一看,就跟身上粘着一个还有一秒就爆炸的炸弹一样,脸上的笑一下子剥落了,像是换面具一样。四个小孩僵住了,小诸葛倒吸一口冷气,千万种念头闪过他的脑海:完了,这就是森林警察吧! 他一定看到姑父抓野山鸡,要抓姑父了! 电影里严刑拷打敌人的画面充斥着小诸葛整个脑瓜,他仿佛看到了姑父被五花大绑关在小黑屋里,一些人用鞭子使劲抽,还用电击,容嬷嬷拿着蹩脚的大头针走上来……天哪! 怎么办? 我去搬救兵,姑父你可千万要撑住啊!

三个女生对视一眼,似乎还舍不得姑父,但看那人越走越近,小诸葛一溜烟跑下山,留下一句"姑父你撑住啊",抄小道跑了。

"姑姑不在!"小诸葛跺着脚,脸上的肌肉挤成了一团。

"啊——呼——"跑了这么多路还没来得及喘气,李珊伊回到家,听小诸葛一说,就趴在桌子上哭了起来。她的心像一个玻璃罐子,一碰到地上,就碎了。

没有人承受得住从喜悦的巅峰一下子摔到绝望谷底的感觉,那感觉就像没打麻药把皮剥开来,把骨头全部换掉再缝合一样,整个人颤抖起来,就像心触到了感情的高压电啊!

李珈伊把自己浸到了痛苦绝望的海水中,在上面漂着,漂着,像死了一样。接着,许路、詹奇乐、诸葛子誉也都跳了进来,边漂边流泪。

大概过了一个小时。

小诸葛眼尖,大呼一声:"看哪,警察来了!"是的,两个警察跟在姑父身后。姑父脸色灰暗,仿佛有几把枪在后面抵着他似的。

詹奇乐一抹眼泪,狠狠地推了一把小诸葛,说:"肯定是来抓我们了! 姑父自己受罪也就算了,还招供我们干什么! 都说回去救他的嘛!"

小诸葛面色凝重,看着低头说话的三个影子,拽着女生往阁楼上跑:"来来!"

"你想害死我们是不是?!"空气污浊的米橱中,传来许路低低而又愤怒的话语。

"忍一忍,忍一忍!"

"早知道我就不来了!"

"嘘,嘘!"

姑父领着警察走进来,口中亲切地说:"待会儿让我老婆烧只老母鸡下酒!自家养的,特别鲜的喽!我小舅子也要回家的,你们认识的。"说着,他环视一眼,朝厨房里忙碌的姑姑问:"老婆,那几个小鬼没回来?"

"没人啊?刚刚好像还听到那几个小鬼还在说什么救人?……他们犯啥事了?你怎么搞的!"姑姑也是刚回家,还来不及关心那群哭丧着脸的孩子。她在围裙上擦着手,一脸惊慌地走出来。

"没有没有!"姑父大声喊,"诸葛子誉,带女生出来,吃鸡肉了!"

黑暗中,李珈伊问:"姑父好像叫我们下去……"

"谁理他!你下去自首啊?"

一片寂静。

……

"诸葛子誉?许路?詹奇乐?李珈伊?你们在哪儿啊?"姑姑大街小巷地喊,就差没把整个龙游掀翻。她急得要哭出声来,还差点要拨110。

当几个大人终于在米橱里发现了几个胆战心惊的孩子,当孩子们知道姑父并没有被警察抓去,只是被叫去一起办点事,孩子们的眼睛一下子亮了起来,那是他们眼中无边绝望的黑暗中,点燃了一盏希望的灯火。他们皮肤骤然涂上了一层水润的红，一颗颗感动的泪水滚落下来，是那么晶莹饱含情意。他们现在只想扑上去抱抱姑父。

姑父终于明白了刚才随口说的骗人的话，让自己付出了代价，孩子们也付出了代价。他们一拥而上，紧紧抱着姑父，眼眶里滚着喜悦的海涛，他们心上悬着的那把刺刀也终于放下了。今天，就连许路也丢了领导风格，扑上去了。

姑父仰天大笑，摸摸他们的头，脸上开满了花："你们以为姑父被抓走了？枪毙了？哎哟喂！我的小宝贝儿们，你们怎么会这么想呦！哈哈哈哈……"

大家松开手，看着姑父那一脸绯红，低下头，露出一脸红彤彤的羞涩，"嘿嘿"地笑了。

太阳看着这四个熊孩子，也笑了，那阳光都变得格外刺眼。

时来运就转

人要是时来运转,睡懒觉的间隙也可以完成一个世界奇迹。

"呼……"睡懒觉正在进行中,鼾声挤满了被窝。对于许多上班族来说,睡觉真是一种享受中的享受,其实小孩也是"上班族"。小诸葛一只清秀的大肉腿全都被鼾声挤得露在外面啦!还露出了裤头的一个小小的角,有一点点毛糙。哎,真服了这家伙。嘴角的口水滴滴答答,凝固了,像一层薄薄的雪片。他的双手放在胸前,头歪到了一边,似圣女祈祷之后的安然长逝。他又穿了那件睡袍,披上这件睡袍,他感觉自己好像一下子就变成了拯救人类的大英雄呢!

"咚!"这声音好像是一枚铁钉被敲打了,死死钉住了人们的脑海,其实是小诸葛滚下了床,并且牵连到了他的"青少年枕边书"。这是姑父故意摆着让他看的小人书。这是多么悲惨的结局,悲惨过后,垃圾桶又被翻倒了,垃圾全都倒在了毛毯上,毛毯名副其实成了垃圾场啦!好好的一个房间被弄得灰尘四处飞扬,细菌四起,到处变得臭烘烘的。

"嘀嘀——"小诸葛子誉迷迷糊糊地从地上爬到床上，顺手还摸到一个棱状物体，然后又伸手到床旁边的柜子里，摸索了半天，才摸到一个柜子的把儿，"稀里哗啦"翻箱倒柜，翻出个闹钟。那闹钟是海蓝色的，就像一个蓝色的精灵。

"什么破钟！吵吵吵，怎么不吵醒女生啊！"每次早晨起来都对生活有些不满，"烦人！"小诸葛咕哝着，摸索着摁了摁闹钟的一个按钮。"叮叮叮叮叮——小主人，今天是2014年7月21日星期一。"闹钟顶部两个半圆形的小盖子，随着声音颤抖了一会儿，舞动起来。小诸葛被这闹钟彻底吵醒了。闹钟真是不想活了！他恨不得砸了它。不过，他貌似并未发现自己刚刚睡在了那堆垃圾的上面呢！哈哈！

小诸葛"嘣"一声跳起来，坐到了床的边缘，脚用力往前一钩，"耶！钩到鞋了耶！"他好像是看见了自己的偶像球星进球了，穿上拖鞋，拿来浴巾，奔跑起来，不料，却将拖鞋踹飞到了床的另一边。他要去那边儿捡起来，否则怎么继续奔跑呢？然而，当他看见那一毯子的垃圾，一惊："这……这谁扔的？"

他还不知道，这一切都拜他这个"超级破坏王"所赐啊！

"苍天啊！大地啊！让雷劈死我吧！"小诸葛已经受不

了这样乱糟糟的房间了。一架飞机从屋顶上掠过,超像闪电的声音"咕噜咣——"

"我说的可别当真! 闹着玩儿的!"小诸葛子誉跪地求饶了。他扛了一个"老古董吸尘器",那是很早以前就买来的。一摁开关,妈呀,后面那个收集器里的垃圾全都"溜"了出来。"老天哟! 我上辈子到底造了什么孽呀!"小诸葛又开始唠里唠叨,变成玄奘直念经。"算了,那几个女生没一个是好样儿的,还是我自己动手! 自食其力,丰衣足食!"

真的是好饿哟,怎么没人喊他吃早餐! 家里没人了吗? 那三个大小姐能服侍自己就算好喽,可她们仨儿竟然连自己都服侍不好,这样,怎么服侍他呢! 哎,带她们来实在是罪过!

小诸葛只好爬上窗台,对紧闭着的窗子抒发自己的"感情":"为什么——"

正想说什么,楼下出现了一个乌漆抹黑的影子,"姑父——"他大叫一声,丝毫没有什么顾虑,好像那个黑影就是他的姑父。

可黑影诡异,神秘。那黑影浑身打了个冷战,然后十分诧异地望着他:"小鬼,你爸爸妈妈在吗? 我是来借东西的!"黑影打了声招呼,挪着步,向姑父存电缆线的小屋子走去,熟门熟路的。

"借？家里人都没见，怎么是借啊……"小诸葛有了一丝疑惑，"他应该是来借东西的吧！小偷是不可能那么熟的！"想着，但总感觉有一些不妥，就算是熟人，也不可能那么熟悉这儿的地形吧。

"喂！叔叔，你认识我的姑父李张三吗！"嘿嘿，这个名字也挺好听的，小诸葛对自己独有的创造力自信满满。

那人头也没抬，说："是的，你姑父李张三是我的好朋友呢。我借东西，借完就走哦！你一个人吗？怎么这么厉害！"说着，他忙把一个轮子"咕噜咕噜"滚出来了。

"李张三？呵呵！神经病，哪有人的名字这么像店小二！"小诸葛暗暗笑了声，笑这小偷的愚蠢。可是，只有他一个军师孤军奋战，没有将军的"奋勇杀敌"，这该如何是好啊？他只好三分磕头七分下跪，请求许路她们的帮助。

于是，急急忙忙叫醒了那几个还在梦游的女神。三个女生一听说"小偷"俩字，不但没哆嗦，反而个个精神抖擞的。

许路眼睛里闪着金光，告诉小诸葛一个字："耗！"

真是个军师啊！小诸葛佩服得五体投地。对，留得青山在，不怕没柴烧。他马上将一楼的门反锁起来，这样才可以防止入室打劫之类的事情发生。

"喂！我们家只有四个小孩，包括我，知道了没?"小诸葛故意说出只有"四个小孩"，他们都已经是半大的人了。

"哦!"小偷慢悠悠滚着车轮子,他终于松懈了。

"嗯,等下我送你一样东西!叔叔!"许路的头探出来,甜蜜的微笑格外吸引人,詹奇乐和李珈伊忙着找许路让他们找的东西。

"好,什么东西啊?"那小偷得意过头了,光天化日之下十分猖狂。

找到了!许路一把接过詹奇乐的打火机和李珈伊手上的小鞭炮,让小诸葛点两个,扔两个,"噼里啪啦!"一阵响声在楼阁里环绕。那小偷哪里经得住这样的惊吓啊,就像一个鬼影飞身而去。

这所谓的礼物,把他的魂都吓丢了一大半!

闻声赶来的姑父碰巧看到一个人匆匆往外跑,该不是小偷吧?!回到家,姑姑看见家门前的一块空地上全都是鞭炮碎片,心里想:这几个小家伙不好好教训一下,要上房揭瓦!便折了一段细树枝,正想抽小诸葛的手。

"停!"小诸葛连忙喊道,并滔滔不绝说起自己今早保护仓库里的电缆、轮胎的经历,并且用鞭炮赶走小偷的整个过程,口若悬河,说得是头头是道、眉飞色舞啊!

姑父看看转移阵地的轮胎、电缆,全明白了。

"没事就好,还以为你们又要闹。下次别用鞭炮啦,打我手机就好了啊!"姑父此刻应该有一点点欣慰吧。

姑父听了他们的光荣战绩,不由对几个毛孩子刮目相看了。

　　清早,这一切,好像全都是一场梦。可是这个梦恰巧被小诸葛给做上了。为此还会发生一些什么故事呢？且听下回分解。

好事也上瘾

阳光像一位年逾古稀的老人,渐渐地沉落西山;像一节即将燃尽的蜡烛,由通红变成蜡黄。风,呼啸着刮过,在为阳光举行葬礼。

小诸葛噘着嘴,看着一桌子热气腾腾的菜,丝毫提不起兴趣,犹如即将凋零的菊花。人们说吸烟会上瘾,看书会上瘾,喝酒会上瘾,连做好事都上瘾,这世上没有什么是不会上瘾的吧。自从赶走小偷之后,他深深"沦陷"于其中,无法自拔了。吃饱了撑着没事干,应该是对这个"问题儿童"的唯一解释。

"帮盲人大妈干活行吗? 不妥! 这世上虽然有千千万万个盲人,可在地球上,龙游就像是米粒般大小,能有几个盲人啊? 再说,龙游人也不能全变盲人啊!"小诸葛的疯狂想法,一定是最自私的。他长叹一声:"找不到好事做就死了算了!"真个性! 拗脾气!

他把筷子架在碗口,拧拧眉头,又平放在桌上,可总感觉不爽。翻来覆去地做了好几遍,还是不能发泄焦虑。一向都是乐观主义者的性格,却因为芝麻小事恼坏了头,根本不像真正的他。

"姑父,我到底该怎么办呀?"小诸葛轻轻推开姑父的房门,抿了抿嘴,用忧郁的眼神看着杯子里如薄雾似的水蒸气往上升,而烦恼却不能烟消云散,"我想做点儿大事,又不知道该做什么。姑父,你就帮帮我吧!"

"大事?哦,你去抢劫呀,这算大事吗?"姑父故意绷着脸,瞟了瞟低头玩弄手指甲的小诸葛,又不禁"扑哧"一声笑了出来。这样一个孩子气的姑父,怪不得被赐予"大好人"的称号!

"不是这样的。是好事!好事!"小诸葛像路灯下迷茫扑闪着翅膀的小飞蛾,面对黑夜这瓶墨汁,永远也无法挣扎,无法摆脱。

"你去帮姑父贴宣传栏的通知单呗!"姑父按了一下电视机遥控器,随口说了一句,带着一脸的嘲笑,心想:这猴儿还想干什么大事,别闯祸就佛祖保佑喽。小诸葛把头摇得像汽车轮胎,再次强调"大事",眉毛上缀着严肃,双眼中刻着认真,丝毫没有开玩笑的意思。

阳光在西山渐渐熟睡,把万丈的光芒给予了星星和月亮,让它们尽情享受自己的皎洁和宁静。

姑父昂着头,看着天花板上扑着翅膀的小飞虫,拧着眉头,像要把想法都变成水似的。

三个女生悠悠地迈着步子走过来,用嘲笑的口气说:

"听说你要去做好事？嗯，这个想法不错，但你不会又要去闯祸吧？"说完，一拍小诸葛的肩头，捂着嘴痴痴地偷笑。

姑父双手一拍，拧着的眉头如同被橡皮擦了似的，顿时舒展开，两只坚定的眼珠瞪着小诸葛，说："子誉，别失望，姑父我想到一件可以做的大好事！"

"真的吗？快告诉我！"小诸葛的脑袋像风似的哗地抬起来，湿湿的睫毛腼腆地扑了两下，双眼中满是喜悦，语气中透露出一层一层愈来愈强的得意感。

姑父轻轻地拍了一下小诸葛的肩头，示意他走到窗台边，指着远处小丘上一盏忽明忽暗的灯，像讲鬼故事一般压低了声音，说："喏，那盏灯亮的地方，是这儿的天地化工有限公司，他们排出黑烟，污染环境，你就去找找有什么特别的地方呗！"顺着姑父的方向看过去，果然有一丝淡淡的黑烟轻轻地飘出来，像朦胧的山雾，在月亮下一闪一闪。

小诸葛像被打了兴奋剂，脸色微微泛红，手舞足蹈地欢呼着。夜深人静，在微小的繁星照耀下，一个身影依旧在床上滚来滚去，把床板压得吱吱响。

第二天，"红乌龟"渐渐地撩上树梢，打了个哈欠，开始用光芒普照大地。荷花依着荷叶，开出令人怜爱的花，一丝丝精细的纹理，比齐白石手下的还生动。

小诸葛一行人，像登山的游客，背着行囊，顶着闪闪发亮的镶钻棒球帽，穿着薄薄的防晒衣，在太阳拨开树梢时到达了小厂房。

金属做的银色大门像绷着脸拿着鸡毛掸子的人，威严地立着。围墙上的砖头一块一块铺得平平整整，像展开的一张白纸。铺着瓦的房顶熠熠生辉。最显眼的那个大烟囱像手持长矛的士兵，把砖头染得黑乎乎的，把一切都玷污了。四个孩子分别在不同的方位拍了一张照片，作为以后的证据。

这是一座高耸入云的工厂，矗立在绵延不断的青山前，揽入天边缤纷的云彩，坐拥脚下肥沃的土地，埋葬所有残暴的秘密。

黑屋惊魂记

　　小诸葛等人缩头缩脑地在工厂旁徘徊,头顶一把荷叶,瞪着大眼查找工厂的秘密,像几只幼稚的小地鼠般胆战心惊,如果被工作人员发现,不宰了他们才怪呢!

　　不过,就算是隐藏得再好的地鼠,也有被发现的时候。正当他们蹲在水池边,用木棍搅搅,研究水为什么这么清时,从墙角处拐过来一个人影,横冲直撞,一脚踹到了小诸葛的屁股上。

　　小诸葛只觉得屁股火辣辣痛,由于重心不稳,整个人向前倾去,幸好那水浅,他只是呛几口水。当女生把他拉出来时,他努力睁大眼,张大嘴,胡乱地抹了抹脸,甩了甩头,扭过头,朝那人影气壮山河地大吼,像只炸毛的小狮子:“井浩! 你谋杀啊!”

　　叼着一根青草的井浩原先一愣,脸“唰”一下变得惨白,腰板儿也挺直了,一扬脑袋,往前一跨,吼道:“你还偷吃我家柚子呢! 怎么? 踹一下还不行?”他就拿这事威胁小诸葛,也料定他不敢叫嚣。

　　果然,小诸葛活像一条被送上油锅的鱼,还企图做最后的挣扎:"谁偷吃了? 我们没有,对吧?"

女生们脸皮薄,个个不好意思,脸像熟透的番茄,脚在地上蹭来蹭去,声音小得仿佛头发与头发的碰撞:"嗯……对,才没有呢!"

井浩无奈地扶额。突然,他好像想起什么似的,把那张大饼脸凑到小诸葛面前,疑惑地问:"你们来这儿干什么?"他眼里跳过一丝狡黠而又恐惧的光,"密室逃脱?"

小诸葛清了清嗓子,一脸庄重严肃,一本正经地告诉井浩:"我们来侦察这家工厂有没有做见不得人的非法勾当。"

井浩疯癫地大笑起来,每一寸肥肉都在灿烂的阳光下青蛙跳,一起一伏,一升一降,像是高压电输入他的神经。他捂着肚子,仿佛一个暴发户看穷人:"幼稚! 傻得冒泡! 哈哈!"

一看井浩这神情,几个人立马猜中了几分:井浩一定有消息!

小诸葛拉了拉他的衣角,有些讨好地问:"浩哥,此话怎讲?"

井浩停住了笑,压低声音说:"傻,只有晚上去喽!"

"浩哥,那你一起吧。你神通广大,没有你不行的!"小诸葛拽着井浩的手,献媚道。

井浩"嘿嘿"笑了,纯属为了好玩,含糊答应了。

月黑风高,一座座乌黑的大山就像一个个手持刀剑崛起的怪物。五人提着一个手电筒,在蚯蚓般的小路上,借着手电筒的光束,互相搀扶着走。

"你确定我们过得去吗?"墙边探出五个脑袋,对视着,目瞪口呆。

门卫处站着两个满脸横肉的大汉,脸上有一个个大疙瘩、一个个坑,赤裸着上身,文着青龙白虎。尖利的大长牙张牙舞爪,仿佛要冲出来吃掉他们似的。四只狼狗披散着灰黑色的毛,伸着血红色的舌头,仿佛在森林里抢肉吃的野兽。

经过一番商量,许路的虚荣心快爆炸了,即使很怕,但为了撑住场面,顶着班长无所不能的称号,还是硬着头皮上了。

她装出一副雄赳赳气昂昂的模样,甩着膀子,目不斜视地走到门卫面前。门卫扬着脑袋,一把截住她,念在她是女孩的分上,装着没看见。

许路杏眼圆瞪,眉毛一拧,恢复她平时傲人的女王姿态:"我可是你们老板的女儿! 带朋友参观一下,你拦我,你敢拦我? 你不要命了? 脑子坏了?"

两名大汉吊着眼角,冷笑着,从鼻子里重重"哼"了一声,把长满胡茬的脸凑到许路面前,说:"老板只有一个儿子。"

三秒钟后,许路低着头,脸潮红,像是偷穿了小姐衣服的丫鬟,蹭着步子走到他们面前,摇摇头。

十分钟后,五个人像是五朵插在泡菜坛子里的野花,蔫头耷脑地回到了家。"要不,咱们化妆成007?"小诸葛做了一个特务的手势,装英雄的样子。

"还英雄,狗熊吧!"受了委屈的许路狠狠瞪了小诸葛一眼,用手把裙摆攥得紧紧的。

"那能怎么办吗? 你还打算说我们是老板的私生子啊!"小诸葛叹了一声气,无奈地坐在地上,头垂得低低的。

夜幕又落下了。漆黑的暮色遮住了美丽的风景,仿佛盘古闭上了眼睛,一切都黑漆漆的,只有月亮给自己留下一缕空隙,看着零零散散的星星。

几个孩子似乎成了猫头鹰,晚上,才是活动的最佳时机。军用手电射出的灯光,摇摆着,晃荡着,像一把激光手术刀,劈开了一片黑。但它的身子过于轻盈,一晃而过,那黑暗又缝合了起来。无意间,淘气的灯光跑向了远方的那根烟囱,那股黑雾滚滚而出,把烟囱口都染成了黑色,仿佛童话中巫婆嘴里吐出的黑气,把美丽安宁的小村子笼罩在呛人的气味中。

他们走在通往化工厂的路上。果然,一到晚上,这儿就开始偷排废水了。井浩的话还真的不错哦。他们小小的脸上,写满了愤懑,冒出了怒火,刻上了忧虑。

"咔"快门的声音荡漾在孩子们的心中,他们要用事实来证明自己的实践很有意义。第一步完成,就算有证据了吧!小诸葛用手电照着烟囱上的"天地化工厂"几个字,又远远拍了一张,可惜很不清楚,得进去看看。

黄色的栏杆拦住了大门,监控器旋转着脑袋。昏暗的灯光下,一个膘肥体壮的大汉坐在保安室,看着监控,抽着香烟,看上去百无聊赖。手臂上的刺青,一条神龙倒是栩栩如生,把一朵朵云彩踩在脚下,一副神气十足的模样。

"怎么办,许路?前门进不了了,后门一定也有保安。"李珈伊看看门口戒备森严,着急地问。

五个人躲在餐桌高的灌木丛后面。往日,这里还是山野时,这些植物生机勃勃,翠色欲滴,像翡翠一样青葱可爱。可现在,那些翡翠多了黑斑和灰尘,仿佛年逾古稀的老头,精神颓丧,一蹶不振的样子。

这个问题,让许路有一种在独木桥上的感觉,前有狮子,后有老虎,下有无底深渊,着实让她这个首领失去了指挥能力。她想,这井浩也太不够义气了,说家里有事,就不来了。咳,真不算是哥们哪!

在这时,最该问的是半个村民半个城里人的小诸葛。他也意识到了这一点,还没等许路她们问,自己便张口:"你们看,那儿是监控盲区,我们翻墙进去。"

"主意不错!但是……"娇娇女们有点犹豫,怎么好意思像个乡里娃,不顾斯文翻墙,就像一个见不得人的小偷。不过,"天将降大任于斯人也,必先苦其心志",为了完成老师的任务,也为环保事业奉献自己的力量,就豁出去了吧。

"咔咔",他们折下一簇灌木,遮在脸上,俯下身子,一步,一步,终于到了。一道残破的墙立在那儿,有一部分已经倒塌,厂里的人只是用几个木棍拦了一下。这要感谢最近的台风,把围墙吹倒了一段。那倒塌了的围墙不算高,顶上参差不齐的砖头就像老人那满口的牙齿。

小诸葛踮着脚,把手使劲儿伸上墙去,一抓,扒住了墙上的一个小疙瘩,单腿一跳,踩在了墙腰上,另一只手往上一攀,拉住,脚一弹,坐上了围墙。可几个女生就不敢了,他跳了过去,找了一个破木框垫在脚下,帮助她们翻了过去。

第一个映入眼帘的是成堆的木箱子、大袋子,原来这里是仓库。怎么这么黑呢?

远处,传来一阵锈迹斑斑的声音:"小朋友,你们进来干吗啊?"

那声音无比亲切,无比和蔼,就如诸葛子誉的爷爷见了小诸葛一样。他们顿时紧张起来,原来这里有人啊,还以为是一个废弃的仓库呢。

走近了,一个满面笑容的瘦高老人坐在竹椅子上,摇着自编的扇子,呵呵地笑着,就像是欢迎孩子们的到来。

"老爷爷好。"几个孩子看到这老人满面慈爱,都不由自主打了招呼。

"爷爷,我们几个是来考察这个厂子环保问题的。看看那黑黑的烟囱,就觉得不环保。"小诸葛装出干大事的模样,还希望大爷能夸奖他一番呢。

"哈哈哈,孩子们,你们打算怎么办呢?"大爷的笑声就像一把锄头,把黑夜挖了一个洞,露出了一丝月色清凉。

"我们啊,要拍一些证据,写好材料,交给政府。我爸爸和县长算是好哥们呢。喏,李珈伊的舅舅,是环保局的局长,我们要让这个破坏环境的厂倒闭!"小诸葛摆出英雄准备牺牲的模样,别人没有感动,自己倒十分感动了。他有意无意地又开始吹牛,他爸爸充其量只能算认识县长,李珈伊的舅舅也只不过是环保局的一个工作人员而已。

爷爷的脸一下子拉了下来,瞪大了眯眯眼,仿佛京剧中的变脸游戏:"喂,那个小李子……"老爷爷取下靠在箱子上的龙头拐杖,撑在地上,弓着腰,拿着电话,和一个人聊了起来,像汇报紧急情况似的。

不久,几个眼睛闪着冷酷的光,有着一身吹鼓了的气球似的肌肉的壮汉,走到四人面前,拎起他们,走向一个黑漆漆的房间。

他们在壮汉的背上扑腾着,挣扎着,但是无济于事。那一刻,没有一个大人在身边,他们感觉天都要塌了,似乎连后悔都没有资本了。

一个个刺着"青龙白虎"的壮汉走出了房间,那个最为强壮的"嘭"的一声,关了门,"咔"的一声锁上了。

"快放我们出去! 快点儿!"李珈伊叫喊着,脸都变色了,但是回答她的只有她的回声。

几个小伙伴绝望了,脑子里浮现出机枪、大炮、匕首、黑夜、狞笑……

房间的另一头,一个小窗户,也关着,只有几束昏暗的光漏了进来,照亮一片地,也照亮墙角的几个小箱子。可那窗户任小诸葛怎么拉、拽,都纹丝不动。"咚咚咚",结实硬朗的声音传入耳中,但并不像电影中那样,忽然出现了一条暗道。

那一片黑暗,蒙住了四个人曾经的豪迈,蒙住了干大事的兴奋,也蒙住了对生活的期盼。难道他们的理想就这么夭折了吗? 他们想到了刘胡兰,想到了死在监牢里的革命战士……一切都令人毛骨悚然。

及时雨姑父

大概过了一个小时，"咯吱——"门开了，黑屋子里透过一道光，在几个孩子内心闪烁着，摇晃着，带着光明的希望。

门越开越大，四个孩子黑洞洞的眼眸里脱去了痛苦和绝望，心似乎也打开了一扇光明的大门。"门开了！"几个孩子"唰"地站起来。光亮中露出一头略微发黄的天然卷发，一身灰色衬衫，一张憔悴辛涩的脸。

"姑父！"小诸葛叫了起来，眼里翻滚着泪花，扑向姑父。

三个女生也飞奔过去，抽噎着。

憋在那黑屋子里，恐惧的暗流拍打着心，不断地涌上来，吞噬着他们的灵魂。好一会儿，才把恐惧咽下去。

姑父抚摸着四个人的头，平抚着他们惊恐不安的心。许久，他叹了口气，把孩子们从身上挪开，身体向前倾，低着头，双手合十，像拜神一样对着老板和大爷，脸上布满了土黄的歉意。他原先还算光滑白嫩的皮肤变得坑坑洼洼，犹如雨天过后的黄泥路，散发着劳累与憔悴的气息："哎哟喂,大爷！老板！我这几个孩子不听话,您原谅他们啦！您也知道小孩子喜欢吹牛的啦。他们乱说的,你不用相信的,当他们放屁就行了！"

"是是,我也太敏感了,没想到这点,竟把你的几个亲戚留在这里,我也不对。"大爷笑着,像烧焦了的米饭一样的脸上抹了一层胭脂粉似的笑,粉嫩嫩的,毛茸茸的,给人一种慈祥的温暖,就像摘下了几束阳光抹在脸上。

四个小伙伴看着这笑容,嘴角也跟着扬了起来,陶醉在这笑中,就像灵魂喝了一箱荞麦烧酒,醉了。

这情景圆成一个温暖的圈,但不一会儿,一丝冰冷毒辣的声音似闪着寒光的刀片,甩了过去,一下子打破了这个圈:"爸!"

原来是老板来了。那慈祥的老爷爷竟然是老板的爸爸！几个小伙伴惊呆了！

老板皱着眉头,圆滑的眼珠下藏着两把尖锐的刺刀,一个嘴角往上提,冰冷的脸上,散发出的笑容更像是千年寒冰一样冷,但那"寒冰"中,也蹦跳着些许愤怒的火星儿,笑容的表面下,有难以掩盖的愤怒。

他看都不看姑父一眼,歪着头斜着嘴,嘴角上闪动着骇人寒光,冷艳的笑容冰冰地绽放:"陈永斌,以后别再让你这群小孩来这瞎玩了！不然我可不负责！"哎,嘴里喷出来的,那简直是"毒液"啊！

他一眨眼睛，眼眸里微微放出一道银光，白色的虎牙在月光下，闪过一丝银辉。空气瞬间凝结了起来，大家的心也顿时冻上了，结了一层厚厚的冰。大家顿时定格了，停在那儿一动不动。

"啾！"小树林里，一只鸟儿唤醒了大家。

姑父眼皮一翻，回过神来，笑容凝结起来，又裂了开来，一道道缝隙里填进了尴尬："这些小孩子是错了，但是，孩子错归孩子错，你们也的确是给这村造成很大污染。你看看这水，你看看这水里还有没有鱼影子？你们没搬来的时候，闭着眼睛到水里一抓，就能抓着一条。还有……"

"停——，老陈，不是我说你，多管闲事不好。"老板瞥了一眼姑父，声音中带着浓浓的火药味儿，皮肤底下愤怒不断地涌上来，"行，这事我也不计较了，你回去吧！"

姑父似乎还想说什么，却又把话咽了回去，转过身，朝后面摆摆手："拜拜，噢，不，再——见——！"姑父把地蹬得"咚咚"响，气愤冲上鼻腔。他做了一个厌恶的表情：再见了，我看再也别见了！

李珈伊跟在后面，用嘴角指着老板，张开嘴巴吐了吐舌头，空呕了一下，然后看了看同伴们，用眼神转递着密语：这个老板真是的，让我想吐！对不对？

小诸葛和詹奇乐看着李珈伊，像啄米的鸡一样不停地点头，眼睛里充满了赞赏。

许路也重重地一点头。

来到了家门口，姑父前脚刚踏进自家地盘，一肚子怒气就从嘴里喷出来："这老板什么东西啊！他竟然还说我多管闲事！"那声音像是一个炮筒"轰轰"地响。姑姑来不及放下手里拿着的菜刀，马上从厨房里跑出来，焦急抹在脸上，"怎么了？发生什么事了？"

姑父一屁股坐在沙发上，猛地拍着桌子："你说气不气人！几个小孩说要把他们那个厂关掉，他也信！信也就算了，还把小孩关到黑屋子里，害我担心。"他的怒火冲上眼睛，把眼珠映成一片血红。他皱着眉头，看着姑姑，"你想想，几个小孩被关在那个黑屋里肯定吓得半死啦！这也算了，现在孩子也回来了，但这老板也太嚣张了吧，我给他道歉，他看都不看我一眼，在那儿阴笑。这也算了，忍一下也过去了！我说他这厂确实污染很大，他还说我多管闲事！这水和空气的污染是影响全村的，到时候，我们这儿也变成癌症村了！这作为村民，我能不管吗？……"姑父像机关枪一样，"哒哒哒"地说了半天。

姑姑的怒火也跟着爬上来，最后，她全身像是被怒火点着了似的通红："癌症村？这么严重！"她把菜刀随手一丢，坐了下来，鼻子里怒气刚喷出来又被填满了，气一进一出的。她眼眶里换上了一对兔子眼睛："那这个老板也太可恶了吧！只顾自己赚钱，却不顾全村人的死活！万一以后真变成癌症村怎么办？那我们还不完蛋……"

癌症村？全村死光？计划还要继续吗？四个孩子听得一愣一愣的，呆在那儿你看我，我看你，陷入了一个弥漫着浓雾的迷宫。

窗外白茫茫的天空蒙上了一层污染的黑纱，那是癌症村的种子在萌芽。

有谋就无患

热浪炙烤的暮霭，像是一杯咖啡融入滚滚云海。那浓浓的黑烟肆无忌惮地飘在几个孩子的心中，就像一个恶魔张牙舞爪肆虐在心中。几个从不知正义真正含义的孩子，在黑屋子的经历后，忽然像变成了大人。他们恨不得把黑心老板的脸变成一张用过的餐巾纸，揉进垃圾桶，一起丢弃到无人问津，灰暗的角落。

他们趴在二楼的窗台上，望着浑厚的云朵，用无声来表达内心的悲哀。他们明白，一旦白昼剥下这美艳的皮囊，黑夜又会霸道地给予他们恐怖阴郁的世界。

"你们会希望生癌症吗?"良久，许路站了起来，用她两颗钢珠般的冷冽的眼睛，淡淡地看了他们一眼，声音像是蛋壳破碎般默然，"我觉得，我们还得坚持自己的原则。"

在许路的心里，总有一份和别的孩子不同的成熟。她的思维能力总是像章鱼的触角一样，能在昏暗的心海中捕捉到别人不能发现的细节。在这个少女的心中，那份冷艳的外表，恰恰是她对生活有很多的思考所致，以至于她的爸爸妈妈每次听到她提出一些连他们都不能解答的问题时，都会无端生出一些惶恐：这孩子，是不是自己亲生的啊？怎么就会有那么多匪夷所思的问题呢？

小诸葛是一个不太喜欢思考的孩子，尤其是不喜欢深入思考，就像他做奥数题一样，只要觉得不会做，就主动举起白旗，还会笑眯眯对奥数说：咱们是兄弟，我让你过去。他对事情的兴趣大小取决于他保持的时间，可惜每次保持的时间都不长，因此感觉这人一下子精神抖擞，一下了萎靡不振。他抬起头，无力地说："你有办法？不可能吧！"他的思维中每一分钟都会有核弹爆炸，摧毁他的每一根神经，留下一团一团的蘑菇云，一片混乱。简单地说，他的脑袋就是一坨屄屄，所以想的事情和苍蝇一样没有方向。

"诸葛子誉！去，把照相机拿来！平板电脑，詹奇乐！李珈伊！Go！"许路坐在沙发上，开始气定神闲地指挥着三人寻找电子设备，以便于记录下工厂的种种犯罪行为。在许路的心里，一直都不曾有"失败"两字镌刻于心。她忽然想到了：面对失败，不要找理由，要为成功找到方法。从她的眼睛里，我们可以看到，她又恢复了往日的自信。

她的自信，自然就影响到了三个手下：笔记本的屏幕上，划过的光泽如同天上一闪即逝的乌鸦，那个被啃了一口的苹果，如同透明的松脂——他们拿出诸葛老师的苹果电脑，开始在网络上查找类似的成功案例。

图片上，鱼的尸体裸露在黑漆漆的河上，河面浮着各种死肉,整个场面像是手术台上被开膛破肚的癌症病人,而污染,就是那把闪闪发亮的手术刀。

图片上,一条条河流就像受伤的野兽,静默得好像在等死。漂浮的泡沫就像恶魔的狰狞笑脸。没有鱼,也没有虾,一切都像已经浮肿的尸体。

……

看到这些,小诸葛等人的下巴都快掉到地上了,空气中弥漫着一股烤下巴的香味。李珈伊轻轻念出了一篇热门新闻的标题,沙哑黏糊的声音如同一根嚼了一上午的口香糖:

"请环保局局长到此河一游,我愿意出二十万元。"

四个人的表情像是一把沙,凝固在脸上。这是温州一网民写在网络上的文章的标题,收到了良好的效果。一年后,环保局局长真的去游泳了,当然河水已经是清澈明净的了。这是网络赋予草民的伟大力量。

詹奇乐说:"我们也可以写文,发到天涯上!"她清脆的嗓音仿佛撕开那最嫩的叶子,留着细细的汁水。她经常听诸葛老师说天涯社区,知道那是一个知名的网站,只是都没有上去过。

"那,标题就是'请县长到此河一游,我们四个小学生愿意出二十万'!"李珈伊忧心忡忡,眉头拧得像是李子干,"有二十万吗?"

"当然是假的喽！县长不会去游，我们也不会出钱！"许路狡黠地一笑，就像小波斯猫。

和许路比，李珈伊还算是一个在襁褓中撒娇的孩子，而许路却是一个会做决策，洞察世事的大人了。她知道，"二十万""游泳"都仅仅是一个符号，最关键的是，这个符号有噱头，能抓住人的眼球。他们的标题中"小学生"三个字，比什么噱头都有价值。想到这些，许路的内心有了一阵莫名的兴奋：好，就这么干吧！

"你们又想干什么！"姑姑从厨房里出来，似乎发现了什么，拎着菜勺，问了一声。她想叫孩子们吃饭，无意间听了只言片语。她只觉得像是有一个怪兽，挣扎着撕裂她的胸口。在她眼里，环保不是天，子誉是她的天；污染不是天，三个女生就是她最大最晴好的天。在这个朴实的农村妇女的眼里，一辈子勤勤恳恳，就是希望一切都顺利、和美，她不想让这些孩子再去做一些傻事，做一些伤害自己生活的勾当。姑姑还算圆润的脸上，挤出一条条皱纹，像是没刷平的墙面。

在姑姑的再三嘱咐下，四个小孩唯唯诺诺地回答了她的问题，然后缓缓地抬起头，望着姑姑远去的背影，对视着，"扑哧"笑了出来。那疏疏的眉毛和小小的眼睛都在笑，腮上两个陷得很深的酒窝也在笑。

孩子们天生的不安分，在这不怀好意的笑里，得到了充分的体现。也许在未来的日子里,这几个孩子会成为大学生,或许会成为公司的职员、学校的老师、店里的售货员,但是他们的血脉里,一定会有一种基因,这基因就是对那生存的大地,多了一份热情和爱,这是中华大地上的一缕清风。

煎熬的考察

临近正午时分,太阳喜气洋洋地站在大家的头顶,肆虐地散发出他的热情,连原本清澈的山泉都吱吱地冒出热气,仿佛躺在床上的病人叹出的最后一口气。

近些,再近些,一片枯黄的草地仿佛被烈火席卷过似的,就如空气中有一把巨大的放大镜,折射出耀眼的光芒,把草地给蹂躏得奄奄一息。

几个孩子没有停住自己的脚步,背着小背包走在砂石路上,一晃一晃的,就像被放在背篓里的宝宝在挥手。手上的冰激凌,失去了往日的一丝丝冷气。李珈伊抱着一个比她的头还大的冰镇西瓜,似乎捧着一个宝贝,生怕一失手就会让宝贝粉身碎骨。其他两个女生,每人拿着一瓶冰镇雪碧,袋子里还装了一瓶古田山的矿泉水。

从这些准备来看,这几个孩子已经决定和那个冒黑烟、放污水的工厂的老板耗上了。这对于那个高傲得不可一世的老板而言,不知道是喜还是忧。

他们来到了工厂前的树丛下,那些树似乎被那工厂的污染吸去了所有的精神,低下了柔弱的眉眼。

小诸葛举起了望远镜，那是去少林寺玩带回来的。虽然那小溪近在咫尺，但是他感觉是在打一场大仗，既然打仗，就少不了望远镜。在孩子的心中，战争就是和污水、黑烟做斗争呢！他要做一件真正的大事，哪怕没有一个人点赞，没有别人的欣赏。如今，有姑父的支持，有同学的支持，他感觉自己充满了力量。

太阳投给他们一个又一个过于热情的拥抱，他们就像穿着没有拉链的棉袄一样，汗珠像调皮的孩子层出不穷。

"太热了，我要回姑姑家了。你们看，我又黑了，还要等什么啊，我真不想管这个闲事了。"李珈伊嘟着嘴，看看左手，又瞧瞧右手，皮肤闪出一丝黑宝石的光，击痛了她的心：不，我又黑了！

一瓶淡绿色的雪碧立在草坪上，瓶子上的水珠直往下滑，落在小草的头上，有几滴挂在瓶盖的沿上。看，连这瓶子也好像冒汗了。

李珈伊单手撑在地上，过了几秒，又把另一只手撑在了草坪上，单腿一缩，准备立起身子，可是刚刚站起一半，"啪"一声，许路的"华山剑"打在了她的身上。

李珈伊白了许路一眼，说："干吗啊，我要回去了！"她的双眉紧锁，仿佛两条陡峭的山路，上下起伏。

"不行，我们是一个团队，你可是副班长，怎么可以半途而废？你看，诸葛子誉都坚持了哦！"许路眼里闪射出严

煎熬的考察

峻的光,这光告诉李珈伊得有一个领导的样子,不能有公主的脾气。

小诸葛舒展开来的眉头也皱了起来,渗出一滴汗珠——他也等不住了。可是被许路的高帽子一戴,又不好意思说走了。再说,这大事又是自己提出来的,自己可不能打退堂鼓。

在这些小小的煎熬中,小诸葛似乎悟到了很多成长的道理。

二十米开外的门卫室里,那个文着左青龙右白虎的彪形大汉望了望四周,伸出食指,在一个红色的按钮上一按,"滴",围墙边的一个阀门打开了,一股污水争先恐后涌向那条小溪,溪面上泛起了一大堆五颜六色的泡沫,就像跳舞的魔鬼露出魅惑的眼神。

小诸葛一缩手,卸下背包,拿出平板电脑,打开相机功能,"咔",按下快门,将这汹涌欢笑的污水拍了下来。那流动的污水在这一刻定格了。

"好,我们可以回去了。"小诸葛站起身来,弯起笑脸,脸上写满喜悦——他们又向成功迈出了关键的一步。为了这一步,这些娇二代,的确付出了代价,也学会了成长。

放好证据,拉好拉链,背上背包,准备走人,一转身,却和那个门卫撞了个满怀。一只项上扣着钢刺项圈的咖啡色狼狗立在门卫的身边。门卫大喝一声:"交出来!"他的手里拿着一个电警棍,似乎在威胁小诸葛,鼻孔里哼出一股冷气,眼睛嘶嘶的,就像眼镜蛇一样。

"啊——"小诸葛被吓了一跳,可是他马上反应过来,大喊一声,"快逃!"那喊声似乎比门卫的声音还响好几倍。

显然门卫和狼狗都愣住了,他怎么也不敢相信,一个孩子在这自认为受到威胁的时候竟然能发出如此的"狼嗥"。

就几秒钟,孩子们已经跑远了,留下愣怔着的门卫和那只撒蹄欲奔的狼狗。

阳光照射着孩子们的脸,流下一串串晶莹的汗珠。他们停下脚步,留恋起这美好的瞬间——那是任何东西都无法取代的,那是真正属于自己的成功的体验。

煎熬的考察

寻访的足迹

竹林泛起一阵绿波,像海浪席卷而来,一层一层,一叠一叠,一浪一浪。长条形的竹叶悠悠地往下落,陪伴着柔和的泥土。

四个孩子把自己往沙发上一摔,带着一身的疲惫,长舒一口气。累了整整一个上午,皮肤都要被骄阳烤熟了,才收集了芝麻大的证据,不容易呀!

"姑姑,这些年这个村到底有多少人死于癌症?"詹奇乐像闲不住的小马驹,刚一坐在沙发上,又猛地一弹,跳了起来,冲到厨房,像个考古学家在挖掘古物,眨了眨眼,望着被油烟萦绕的姑姑。

姑姑"吧嗒"一声关了煤气,把双手往围裙上抹了抹,擦了把汗,像被封锁的囚犯出狱似的:"唉,这年头,癌症害死了蛮多人。喏,我们这村里头,十年前生癌症的一个也没有,身体倍儿棒,那化工厂一来,像噩耗似的,一百多个人里就有五六个病死了,大多是死于癌症、哮喘。这些经商做生意的,只要能赚钱,哪管你死活啊。"

姑姑一声长叹,叹出的是对生命的敬畏,叹出的是对命运的担忧,更叹出了一个小小农民对生活的埋怨和无奈。

这一切,在孩子小小的心中,种下了一颗神奇的种子。这颗种子也许会在他们人生的某一刻发芽、开花、结籽、传播,然后让这个世界都充满美好的憧憬。

詹奇乐耐心地听姑姑说完,草草地列了个表格,打了一把遮阳伞,套了一件薄如轻纱的防晒衣,告了个别,为团队调查去了。烈日将万丈光芒洒在了大地上,像灯泡给予人们光亮似的,送来一阵炙热。

她来到一幢灰白的破败的小房子前,嫩白色的一块一块的砖有规律地铺着,几块破了砖的地方,已经凹陷为一个个大大小小的水坑。一只斑点狗侧卧在树荫下,几只母鸡躲在鸡笼里午睡。院子里还算干净,但很是凄清荒芜的感觉,杂草在院子四周疯狂地长着。屋檐底下,一张破躺椅上,一个摇着蒲扇的老爷爷正在闭目养神,脸上黑黝黝的皮肤没有一点光泽。

她的嘴角微微往上扬,眉头一抖一抖的,像把太阳明亮的光芒映在了脸庞。她用甜糯米般发嗲的声音说:"您好,爷爷!我是龙游西门小学的学生,我可以问您几个问题吗?"话语中满是敬重。

老爷爷一看花朵般的孩子出现在面前,笑声在大院里一点点荡漾,爽快中不失明朗,明朗中不失浑厚,浑厚中不失清亮。他的笑容镌刻在脸上，像绣花似的一点点蔓延。他摇了摇蒲扇，说："孩子，问吧！"

詹奇乐清了清嗓子，轻轻地坐在竹椅上，说："您家里有几口人呢？"

"呵呵，孩子呀，我有两个儿子、两个媳妇，一个孙子和一个孙女！"老爷爷说着轻轻地摸了摸詹奇乐的脑袋，咧开嘴，黄中透白的牙像剥莲蓬似的一点点露出来，又忽然闭上了，他带着一脸的阴郁说，"唉，可惜老伴死得早，那化工厂刚搬来几年，老伴就……唉——"说着，痛苦地闭上了眼睛，眼眶里一闪一闪的泪珠顺着脸庞，慢慢地滚落下来。他叹了一口气，摇了摇头。

詹奇乐沉重地点了点头，掏出一本封面黯淡的小本子，在"记录栏"下边儿做上了记号。她知道，这化工厂使爷爷的老伴得了肺癌去世，她还亲切地安慰了老爷爷。接着，她又和老爷爷谈了很多有关环保的问题，于是，暗暗下决心：一定要多找证据，保障村民的健康。

这一次小小的采访，让一个娇娇女开始接触什么是死亡，懂得了什么叫痛苦，更品味了什么是亲情和思念。老爷爷原本爽朗的笑声和之后伤心的眼泪，让她感受到了很多很多，只是用语言无法恰当地表达出来。

她走访了十几家，额头上的汗珠像一瓶被倒翻的水瓶，淌在脸颊上。阳光像个调皮的孩子，他们越是热，它越要撒泼。不过,十几家里,因为化工厂搬来而生癌症的可真多! 哎呀,化工厂,你害人不浅哪!

正在詹奇乐满头大汗,想临阵脱逃时,一间破草房映入眼帘。屋顶上,几根蜷缩着的稻草沾在屋顶上,看上去整间房子都像没有骨头的残疾人,无力地耷拉着。

她的爱心像洪水似的泛滥在心里,冲到稻草房边,想叩开房门,但又担心用力过猛,给叩垮了。

"吱扭——"木门发出一声令人胆寒的声音。詹奇乐轻轻地呼唤着,打量着这座草房。

"咳咳咳",一个苍老的声音从一张枯黄的藤椅上传来,"谁呀?"

詹奇乐嘴角一扬,奔过去,双眼一眨一眨,鼓了鼓腮帮子,语气像被浸到蜜罐里似的:"您好,奶奶! 您怎么还住这么破的房子?"她直爽地一问,没想到击中了奶奶脆弱的心。

"呜——我老伴、儿子都没了,都是那个化工厂害的啊!"奶奶苍老的面孔上流下几颗泪珠,让人心疼的双眼嵌在眼眶中,深深地陷下去。

詹奇乐手忙脚乱地递上纸巾,并向奶奶保证,一定会为她讨回个公道。然而,对于这么一个小学生,这个承诺是否超出了她的能力呢? 她没有去思考这个问题,小小的心里,已经装满了愤懑和怒气——一定,一定要讨个公道!

知了像在为她加油，一遍一遍地唱着歌。烈日下多了个身影，在纸上忙来忙去，为了村民，为了大家。线索慢慢诞生……

大功终有成

　　午后的风吹荡起河里的酸臭,搅拌在空气里,使空气变得厚重浓郁起来,既似被裹在棉被里,又像水涌进鼻子,刺进大脑里。

　　那股酸臭乘着风,扑到李珈伊身上。李珈伊龇着牙,脸部肌肉扭在一块,用一只手在鼻子前扇了扇,继而捂住鼻子,又趴下来写报告。

　　太阳像一个被放在火上烤的铁球,慢慢变红。突然,地面上传来一声欢叫:"写好了!"原来,是李珈伊写好报告了。她把笔往桌上一按,从椅子上跳起来,想象着自己是拿着火炬的刘翔,举着本子,飞奔下楼,往詹奇乐面前一放,叉着腰,昂着头,脸上笑容像遇水的跳跳糖一样,在脸上跳跃着,组成一个个轻松愉快的波浪:"詹奇乐,等会儿你帮我把报告发到天涯网上,OK?"

　　"OK!"詹奇乐接过报告,做了一个"没问题"的手势,脸上扬起一片红光,偷拿来了电脑,忙活起来。

　　报告发出去了,孩子们揣着一颗玻璃似的期待的红心,紧紧地抱在怀里,而十多天的等待像一个铁锤砸过来,把玻璃一样脆弱的期待砸碎了，散发出阴沉酸涩的失望气味。

这几天，他们都像是没睡醒似的，塌着身板，手臂像倒垂的柳条，脚下像踩着云似的，整个人都轻飘飘的，估计用吹蒲公英一样的风去吹他们，都会立刻倒下，真怀疑他们下一步真的会成氢气球！

一天就这样被孩子们的叹息声吹走了，第二天的太阳又被他们眼底灰暗的失望吸上来了。

四个人打了个哈欠，垂着眼皮，睫毛上挂着沉重的遗憾，游魂一样飘到客厅沙发上，倒在上面。

比夜晚还灰沉的眼神像一层黑纱似的罩在了七八辆黑锅盖似的公务车上。李珈伊的眼里忽然亮起了一盏老油灯：县长来村里考察，准备关那家工厂了！但不一会儿，又熄灭了：切，不可能，县长怎么可能会信四个小孩的话，还特地到这山旮旯里考察呢？鬼信！她叹了口气，正准备像一个玻璃人一样一动不动过一上午时，急促的电话铃声又震掉了这个念头。

姑父拿起电话，坐在客厅里，看着那四个无精打采的孩子，自己也像被传染了似的，说话无力，像一股烟在风中飘荡："谁——呀？"忽然，姑父像是一秒钟做了一个眼球移植术，把黑色眼球换成金色的，原本像造了十年工厂似的乌烟瘴气的心里顿时绿草如茵，阳光万丈，光秃秃的土黄皮肤上种上了兴奋的植株,悠悠地闪着柔光。

姑父张着嘴,一手拿着电话,一手握拳做了一个"太给力"的动作,头点得像脖子抽筋了似的,嘴里不停地应和着:"嗯!嗯!嗯!"

李珈伊瞥了一眼姑父:高兴成这样,发神经了!小诸葛懒得看姑父,自己抠着指甲。许路继续发呆,一动不动。

这时,姑父挂掉电话,笑容像一层红纱,在脸上飘飞着,眼睛像两盏开着的车灯似的,看着孩子们:"你们去不去……"姑父还没说完,李珈伊就嘟着嘴巴,像小姐被仆人叫干活去一样:"去干什么?"

姑父看着李珈伊,眼里的喜悦像日出时的天空一样,闪亮、清新、明朗:"哎呀,县长来啦!"

小诸葛看着自己的指甲,唇间留出一条缝隙:"噢——,等等,县长来啦?那,那我们……我们把材料给他看啊!"于是,思想来了个一百八十度大转弯。他一抖,把全身的遗憾都抖落了,喜悦在身上抹了一层闪亮的光。他一拍手,站了起来,看着三个女生,把嘴角拉到耳朵根边。

"对呀!"女生站了起来,冲到楼上去,把苹果电脑、报告、资料等全捧了来,朝身后的诸葛子誉招招手,就急匆匆地上街了,简直跑得比"奔驰"还快。姑父在后面追,脚在跑,口鼻在喘气,手在向前甩着,哪儿都没闲着。

六分钟后，四个孩子挡在县长面前。许路把那些材料都捧到县长胸前，边喘边说："县……县……县……长好！这……这些……材料……给您看！"终于把话说完了，许路深吸一口气，闭住嘴，止住了喘息。

县长微笑着，像一缕淡粉的花朵在脸上舞蹈着，看了看这几个孩子，眼神像一朵柔柔的白云，飘过大家的心间。他低下头，粗略看了一下这些材料，摸摸许路的头："你们的材料，我看过了，我会帮你们实现全村人的梦想。对了，我们去看看吧！"他转过头，对身边的工作人员说。

原来，小鬼们把文章发表到天涯论坛上，天涯的记者打电话采访了县环保局，也惊动了县长。县长知道是四个小孩做出的事情，当时就非常惊骇，立刻决定到当地来看看。

这对几个孩子而言，是意外的惊喜，没想到自己离成功竟然那么近。此时此刻，他们真想欢呼一场，拥抱一场，跳跃一场！

"汪汪汪"四条狼狗龇着牙，向县长扑过来。幸好，老板得知了县长要来，赶紧跑出来喝住狼狗，然后，自己也变成一只可爱的哈巴狗。他知道，这次他完了，再不拍点马屁，那结果不堪设想。他站在那儿，低头，任县长询问着什么，满脸的谦卑和顺从。

诸葛子誉、李珈伊、詹奇乐都捂着嘴窃笑，唯独许路注意到了老板脸上那一抹灰暗的歉意。

后来,这个厂花了三百万元,投入了一套环保设备,县长说每年也可以给这个厂子一定的环保扶持资金。这真是两全其美的好事啊!

厂会变,天会蓝,草会绿,水会清,老板也变温和了,就像三月的春风。四个孩子的心里,也春暖花开!

吃了哑巴亏

晨光慢慢掀开梦的帘子,拥住姑姑的小屋,撒下一把亮闪闪的金粉。

许路和李珈伊昂着头,挺着胸,两只小孔雀般走下楼去。身后,詹奇乐用一只脚撑后,一只脚点在前面,抓着小诸葛的一只手,使劲把他拉起床,比赶牛去屠场还难。李珈伊站在客厅里,斜着嘴,眼珠往上白了一眼小诸葛,轻咳一声。小诸葛马上像提在空中的布条一样瘫了下去,嘟着嘴,甩着手臂随詹奇乐下来了。

这时,姑姑从庭院里走了进来,笑容像两个大红绒球一样,和着太阳的光晕,发出柔柔的红光。她坐下来,长长的睫毛上扑闪着欢喜,水晶珠子般闪亮、圆滑的眼神抚过四个孩子:"哦哟!四个小英雄起床了!做了大事,保卫全村的感觉怎么样啦?高兴不高兴?"

"高兴,高兴,那实在是太高兴了!在所有可能发生的好事中,这是最好的一件了!"小诸葛像是从哪里突然偷了一身兴奋,原本空荡荡的皮囊子顿时鼓了起来,一块块肥肉里都塞满了喜悦。可不一会儿,姑姑的话却又像鱼雷一样,射到他心中开心的池子里,"轰"的炸开了,炸散了所有的喜悦。

姑姑把脸凑近了些,眼睛里跳跃着开心的音符,眉毛一挑一挑的,酒窝里酿着神秘的甜酒:"我告诉你们一个好消息,诸葛老师要从新加坡回来了!"

三个女生双手高举,双脚在地上跳跃着,笑容跟开国大典时来的人一样多,欣喜像奶油一样醇厚、香甜。而诸葛子誉却呆住了,嘴巴微微张开,眉毛来了个"鹊桥相会",脑海中浮出想象中的内心世界:无数座青山崩裂,乱石滚落;大地不停地摇晃,露出无数条裂缝;天空一片血红,空中出现三个大字——完蛋了!他坐在那些字上面,像一道闪电逼近……

"啊!这算什么好消息!我完蛋了!我还有好多作业没做,我拿块豆腐撞死算了!"小诸葛仰着头,张着嘴巴,软绵绵地叫了起来,忧愁不断地扑上脸去,整个人都灰暗了下来,就像是皮囊里装的全是乌云。姑姑耸了耸肩膀,走开了。女生瞥了一眼小诸葛,笑了笑,去猜诸葛老师给她们带的礼物去了,一个个开心得像躺在一朵草莓味的云彩上一样。

小诸葛依然阴沉着脸,他像一朵被人遗弃在角落,又好几天没浇水的花儿一样耷拉着脑袋,全身都带着阴郁的气味,那气息散布在他走过的每一个地方。

　　小诸葛叹了一口气，缓缓走出家门，身后却拖着一条长长的黑洞洞的失落。他拖着沉重的脚步和悲伤，在河边坐下。原本清澈的水亮得像一块天然水晶一样的河面上，印下了一个灰色的倒影。河水的颜色似乎也变深了，阳光都不来上面玩耍了，全被小诸葛那股阴凉的气息给吓跑了。他嘟着嘴，又叹了一口气。

　　这时，井浩的眼神落在了小诸葛身上，原本晶亮的眼里又撒了一把亮粉，小脚跳得更欢了。井浩连忙跑过来，眼珠一咕噜，转出了一抹琥珀般的喜悦：找到玩伴了！他走过去，一把将小诸葛拉起来，看到小诸葛那表情，吓了一跳，于是瞪大了眼睛，用手指点着，嘴里轻轻数着数，似乎要把小诸葛脸上几个细菌算出来似的："一、二、三、四！这乐天宝竟然符合了四点伤心特征！我没认错人吧！"井浩眉头间露出了一个大问号，脸上凝满了疑惑。

　　小诸葛摆了摆手，声音像发烧了似的，软绵绵的："没有，我爸爸要回来了，我还有好多作业没做呢。我爸会打死我的！"

　　"切！我以为啥事呢！来，我教你两招。这个啊，第一招，你爷爷擅长的——哭不歇！只要你爸一要打你，你马上哭！这个——第二招，我爷爷擅长的——打不死！你爸打你，你就胸挺直点，刚强点，他就心软了，就不舍得打你了。"井浩一手搭在诸葛子誉身上，脸上笑容搭着阳光的金辉,跳着舞。

小诸葛眼里忽然跳出了一个小太阳,竖起大拇指:"好哥们!"太阳把金色泼洒着,渲染着,挥霍着,泼下一大片喜悦,染上一大块愉悦,挥出一大圈惊喜。

滴滴答答的雨水宛如嫦娥的眼泪,犹如天上的神人,碰落一树梨花。

过不了半个小时,小诸葛的神情又变了。他木木地坐在椅子上,目光犹如一条结冰的河,挂满细碎的冰渣子,在呼啸的寒风中颤抖。井浩不了解爸爸,爸爸不是那么好忽悠的。原本井浩的主意应该算还可以,但是有点伤自尊,在女生面前哭,不像男人;挨打,屁股的代价太大,太对不起它老兄,平时都全心全意为我诸葛子誉服务,默默无闻,却要受苦。以爸爸的性格,越是哭,老爸就越来劲,仿佛猫捉老鼠,永远乐此不疲地玩着捉放的游戏。爸爸很乐意看他垂死前的挣扎,觉得那是一种贵族般的享受。他如果逞能,屁股一撅,腰板一挺,爸爸打几下反而会松手。但是,有多少生灵"死"在爸爸掌下,就有多少怨气集中。一巴掌下去,约等于一张铁网扔下去。小诸葛一哆嗦,感觉爸爸要拿着一盆冰水从他天灵盖上淋下去。

忽然,他的眼睛开始解冻,流出一股股清泉,他想出好办法了!但是一想到自己的代价那么大,心像是被剪刀剪碎了。他捧出自己的储钱罐,爱抚地摸摸"小象"宽大的耳朵,双眼通红通红的,心正流着脓血。

三分钟后,小诸葛攥着一把零散的钞票往便利店跑去,桌上的水蓝色"小象"成了一片碎渣。大门敞着,"小象"那橡树籽般的眼睛,看着小红伞以及萧瑟的背影。

夜晚,灯火摇晃,窗台微亮,藏青色的绒布窗纱后透着光亮。

小诸葛捧着一个大纸袋,笑得跟弥勒佛似的叩开女生的房门。如果孙悟空在世的话,一定会飞下凡尘,手举金箍棒大喝一声:"孽畜!"女生们本来聊得欢畅,见诸葛一来,默默地往小沙发上挤。李珈伊重重地闭上眼,詹奇乐从许路床上扯过一条毯子盖在身上,双唇嘟着,不喜欢他打断女生们的快乐时光。

小诸葛连忙辩解:"嘿嘿,不好意思! 我是圣诞老人派来送礼物的!"说着,将那一大纸袋"哗啦啦"倒了下来。

半袋子的首饰:被绿石头镶满的水钻项链,像是上帝玩弄算盘的钢珠;一对五彩缤纷的发卡,犹如从彩虹上截下最美的一段;几枚银制的小珠子,仿佛水滴。这是他在店里冒着被男人鄙视的目光买来的。半袋子的食品:詹奇乐爱吃的圣女果;李珈伊爱吃的三文鱼;许路爱吃的有机芦笋。这是他忍着悲伤,用一枚枚钢镚换来的。小诸葛鞠了一个躬,油腔滑调地说:"孝敬姐姐们,这是应该的!"俗话说"吃人嘴软,拿人手短",我多么英明啊! 他想。

女生们七嘴八舌地挑走喜欢的东西，唯独许路，她多心地看了小诸葛一眼，眼神仿佛几把小针，搜到小诸葛内心的缝隙使劲扎。詹奇乐与李珈伊还在这儿拣拣，那儿挑挑，对于这两个没有心机的女孩来说，洞察世界还太遥远，如果她们有许路三分之一的疑心，很多"悲剧"也不至于上演。

　　小诸葛小心翼翼地说："姐姐，你看，爸爸要回来了。再看，我作业还没完成，又要死一回了！"说着，他委屈地低下头，像一只受伤的小狗，希望能唤起那些女生一丁点的怜悯心。

　　女生一下子愣住了，许路吊着丹凤眼"嘿嘿"在笑。她们收好那些首饰，笑眯眯地说："看你可怜，看你有孝心，那就帮你一把吧！"许路朝詹奇乐和李珈伊闪了一下眼睛，两位连忙拿出自己的作业本，塞给发愣的小诸葛——这惊喜来得太快，他呆了半天还没有反应过来，表情却如含了一根辣椒。

　　小诸葛要找出自己的作业本来"对照"（俗称"抄"）的时候，翻遍了所有的地方也找不到，作业本好像空气蒸发了一样。如果你有夜视眼的话，可以看见小诸葛苦涩如柠檬的目光。偷鸡不成蚀把米，哎哟，亏大发了啊！作业本啊，你怎么能这样作弄一个费尽心机，好不容易成功的男孩呢？

谁也不知道,他的作业本竟然藏在许路的书包里。

毕竟,姜还是老的辣,许路早就识破了小诸葛的诡计,所以才有了吃了,拿了,帮了,却等于什么都没有付出的妙计,让小诸葛吃了一个响亮的哑巴亏。

爸爸回来了

鞋跟触地的声音此起彼伏，由远及近，像是海妖的歌声，动听、优美，仿佛下一秒就会让人沉醉于中，无法自拔，直到深陷其中。

"咯，嘭!"车门开了又关上，出来一个男人，他左手拎着公文包，右手则是一个黑色大袋子，那不就是诸葛老师吗?

"诸葛老师好!"几个女生跑回家来，见诸葛老师已经稳稳当当地坐在桃木沙发上，卖乖地打招呼。她们想为自己出去玩买点儿"保险"。叫完，轻轻提起脚后跟，轻手轻脚地上楼去了。她们看看诸葛老师的脸色，就知道喜怒哀乐了。在她们心中，诸葛老师就像一道圣旨，上面写着什么，她们就得干什么，所以客套之后，得尽快脱身。

此刻，小诸葛心中，却是一片茫然:我还能做些什么呢? 来得及补吗? 有谁会帮我呢? 哎……他的心中，只有那千百个问题与老爸的面孔，当然还有那三个无情冷血的女生:亏我这么款待她们，最后竟一点忙也没有帮上。小诸葛的心，被这一拳击碎了。

他瞟了瞟走向房里的女生,个个都神采奕奕,而他则垂头丧气。

为何会有如此天壤之别呢?他心中也在咀嚼这个问题:难道全是我的错?一个孩子的心中,应有的是一片纯净的天空,而那些作业,把他所有的快乐都搅黄了,快乐的暑假变成了作业的暑假。暑假的意义已经变味了。看看井浩,虽然在乡下生活,但是他没有那么多的作业,似乎有无穷无尽的玩的时间。如果说不幸,那应该是生活在城里的那些自以为是的公主王子呢!

"你们几个,带着做好的作业下来。"诸葛老师坐在沙发上,跷起二郎腿,左手拿着手机,在折射出银光的滑如松脂的屏幕上划动着,右手夹着一根点燃了的香烟,燃烧的烟草冒着一缕白烟,升到二楼,最后消失。小诸葛的复杂心情,也随着那烟袅袅而起。

"许路,你先给我看。"诸葛老师把手伸向烟灰缸,"滋"一声,烟熄灭了,"嗯,不错,字迹清晰。来,你挑一个。"诸葛老师打开那神秘的黑袋子,解开了女生的谜团,原来是从新加坡带来的礼物呀。瞧,他脸上挂出了笑容,就像是个老小孩,笑得那么开心。

许路走过诸葛老师身旁,弓下腰来,把手慢慢伸向袋口,似乎在想要哪一个好,定下了,往袋儿里一掏,一个粉色的铅笔袋出现在许路掌心。那笔袋,点亮了另两个女生眼中的灯，"叮"一声，射出渴望之光。

李珈伊抢先一步说："诸葛老师，看我的作业做得怎么样。"她心想：一定还有几个颜色选，我得抢个好看点的来。

"嗯，不比许路差多少。去，你也挑个礼物去。"诸葛老师的脸上刻满了骄傲：我教的学生，果真个个都是人才呀，没人管作业都写得这么清楚，回答这么完整。若是木头，这不得都是名贵的红木！对了，儿子的作业我都还没翻过，应该也写得很好，近朱者赤，近墨者黑嘛！

"儿子啊，你的作业给老爸看看呗！我可给你带了个你梦寐以求的东西哟！"诸葛老师用他喜爱的东西吸引他交出作业。小诸葛紧锁的眉渗出一层汗，他心想：怎么办呀，作业我可挑了一部分简单的做了呀，爸爸一定会揍我的……哎，做了好事，或许还要被打，真有些冤呀……我的礼物也别想了，怎么办呀？

想着，他捧着作业的手欲出又止。诸葛老师可没那么空，伸手，一把"抢"过作业，先打开了《奥数训练》："嗯，怎么只做了几题？怎么回事？"诸葛老师拉下笑容，满脸漆黑，就像一本书，从插图直接翻到了文字。

这一句话，像无形的飞箭，射在小诸葛的心上，让心流着悲伤的鲜血。他低着头，看看玩弄着铅笔袋的女生，伤口上顿时又被撒了盐，让他痛不欲生：这些小女生，为什么就这么刺激我啊？

"你怎么回事？我不在你就一个字都不动了,是吧？那我出差一个暑假,你是不是暑假作业都不做了？看我今天不……"诸葛老师把那一片白净的《奥数训练》拍在了地上,立起身来,眼中燃烧起了恨铁不成钢的怒火。

太阳像个娇羞的孩子,躲进鱼鳞般的云层中,探出个淡白色的脑袋,像被绿叶遮住的奶白色牵牛花。小诸葛垂下了头,换下了往日那充满生气的笑容。终于,两道银光划过了他的脸颊,那里面,都是他诚恳的悔过。太阳光时强时弱,似乎在为他叹息,就连知了也在为他辩解。他知道错了,但真的全是他的错吗？

"你吃的饭都哪去了？看看人家许路,作业一尘不染、工工整整;李珈伊、詹奇乐作业也全都完成了。你呢?"诸葛老师用手戳着小诸葛如小草般的头发,鼻孔里的气一进一出像愤怒的战斗机。如果再长几根胡须,那准得变成刺刀,扎下去了。

小诸葛也真不争气,要是早点认错嘛,也不会引起"火山爆发"。"火焰"都往他身上喷了,他还噘着鸭屁股似的小嘴,双眼一眨一眨的,像无罪之人似的,用手挠着脑袋,听着诸葛老师一句一句宛如催眠曲似的训话。

"你说话呀!"诸葛老师成了被浇了汽油的鞭炮,"咻"地一下燃了起来,"噼里啪啦"地炸了起来。他见小诸葛有一句没一句地重复着自己的话,立马跳起来,一弯腰挥起棒子,想往他屁股上抽。老师毕竟也是人,有情感,一个火力全开的诸葛老师,够小诸葛受的了。如果没有对比,他或许不会暴怒,如今让诸葛老师脸上挂不住了,难堪了。男人好面子,小诸葛要麻烦了!

棒子在空中划过一条弧线,即将触碰到小诸葛的第一根发丝,姑姑瞪得像弹珠似的眼睛一闪而起,抓住棒子,往地上一扔,对着诸葛老师吼道:"他是没做好,可你能打吗?不心疼?"姑姑边说边把小诸葛搂在身边,声音有些颤抖。慈祥的她,对着老诸葛和小诸葛这两个宝贝,她不是护着就是搂着,他们都是诸葛家族的血脉,都不能太委屈了。

小诸葛的鬼脑子一转,两腮通红,从扑闪的大眼珠中挤出两行清泪,像吆喝的卖菜农民,扯着嗓子痛哭起来。

这么一哭,姑姑就像呵护襁褓中稚嫩的婴儿,用怜悯的目光安慰他,心疼地说:"哎哟,宝贝不哭!"

诸葛老师"吧嗒"一声点起一支烟,吐出一串轻飘飘的白气,转了个身,说:"诸葛子誉啊,你知道男人最重要的是什么吗?是负责任!责任……(此处省略一万个字)"

此时,诸葛老师像个义正词严的演说家,对着小诸葛来了一个"男人会议",张口"男人"闭口"责任"。但作为一位父亲,教育孩子是必须的功课,无论孩子怎么叛逆,都要起到教育作用。子不教父之过啊!

小诸葛擦擦铺在眼睑上如帘子般的睫毛,压低了声音,怯生生地说了一句:"我是男孩。"他到底是真傻还是假傻啊,这样的话都说得出口,性格和年龄根本匹配不上啊,天真无邪的孩子。

这句话像一根钢针插在头顶,而雷电正好劈中它,来了个晴天霹雳。诸葛老师的脸拉了下来,变成了惨白色,嘴张了开来,想说点什么,但又被小诸葛的一句话憋回了肚子。

"爸,我作业实在太多了。数学三本奥数,一小时一页,做完要二十天,还要预习一到五单元,一天半个单元,要十天;语文一百篇阅读题……"小诸葛念叨着,掰着手指,一脸的阴云,"这样算下来我就没的玩了。你不是说要劳逸结合嘛,这么多作业,哪有空玩呀!虽然您是长辈,也得讲讲道理吧?"那小小的眼睛里,汇聚了几万种色彩,只是没有人去发掘,没有人去发现,但是每个人,每件事,都有属于它们自己靓丽的色彩。

"老弟啊,你现在到底已经几岁了?还和小孩子辩嘴?子誉说的也对,是你叫他先说的!子誉啊!别那么不听话,你爸爸的话哪怕错了,也应该听着,知道了没?"姑姑左三句右三句说着,为了帮小诸葛解围,不过呢,她倒是又好气又好笑,弟弟根本不讲道理就下结论,再说一个孩子怎么能打?至于侄儿,在她眼里已经算是很厉害,这么小就有自己独有的见解,实在难得,长大以后都可以替人去打官司了。

姑父凑过来,继续教育道:"侄子是不错的,不仅做了村民想做好几年的事,还上电视了,而且结局是皆大欢喜的,舅佬啊,子誉这孩子挺好的,是个人才。那个五保户的王大爷你知道吧?他们四个人,帮那个孤寡老人干活呢!还有噢,我们村里头三四年都没有人敢站出来解决的环境问题,被他们几天就办妥了。一个个都是人才,人才哦!"当然,姑父并没说自己在五保户王大爷家里损失了一百多块钱的事!

诸葛老师看了看神情复杂的子誉,摇了摇头:"好吧,你说的也对,那我就'大发慈悲',让你的作业减半吧,哎……还有女生的。"

其实每个小孩,都有自己的思考和认识,可惜的是很多大人会把小孩这种思维冠以一个不好的名字——叛逆。

依依惜离别

夜幕,像是一块破碎的布,拼凑成一张泛黄的薄网,笼罩住白天的残忍与不堪,山顶孤寂地点缀着几点冷冷的星光,像一条发光的银河。

姑姑家里,四个孩子无力地瘫软在沙发上,眼睛里充满了灰色的茫然和忧伤。他们一句话也不说,一动不动,似乎把灵魂遗忘在哪个角落,只剩下一个空壳。许路失去了往日领袖的洒脱,似乎浸泡在离别的苦水中。其他两个女生,泪腺特别发达,看到姑姑忙碌的背影,看到姑父给他们准备的嫩莲蓬和野桃子,眼泪竟然悄悄地滚下来,像一条小小的溪流,潺潺流出不舍和眷恋。虽然只在一起了两个月,感情却好像已经有很多年似的。

小诸葛默默地收拾着衣物,眼睛在浑浊的风中黯淡下去。他像一块剥落的墙漆,被包装成可笑而幼稚的礼品,拱手让人。一块斑驳的铁锈,在钢铁这个闪闪发亮的家族中,没有人会在意它是黑或白,人们只会检查它有没有影响钢铁的质量……前几个星期他还和许路开玩笑,大型灾难片要上映了。所以,他好像想起什么似的,叩开女生的房门,轻轻说:"我想送姑姑礼物。"

女生们安静地坐着,点点头。

几只小飞虫孱弱地呻吟着,倒映在藏青绒窗纱上,像是宇宙中被孤立的几颗小小的灰点,遥远而孤独。

第二天。大地撕扯着,把自己的身躯裸露在阳光下,古铜色的墙上爬满青褐色的苔藓,天空一碧如洗。

一顶淡黄色的草帽卧在姑姑衣橱底下,像一个小鸟巢。这是四个人送给姑姑的礼物。许路说,姑姑也太不懂得照顾自己了,皮肤晒得那么黑也不知道保护。她说的时候神情淡淡的,眼里却像是被撒了一把岩石粉末,带有细碎的忧伤。

但是给姑父什么礼物好呢?

李珈伊愁容满面,脸上肌肉像树藤一样缠绕在一起。

"上次诸葛子誉不是把姑父的兰花给折磨死了吗? 这次我们去山上找几株兰花来送给姑父。"詹奇乐把双手按在大腿上,甚至俯向前,看着李珈伊说。

"悬崖上欤,有那么容易啊? 会摔死的!"李珈伊依旧皱着眉头,拉长了马脸。

"不能去山上,那么我们就凑钱买吧!"许路发话了,眼睛里闪烁着喜悦,眉毛一挑一挑的,也为这个主意感到高兴呢。说着,她就从兜里掏出五百五十块钱。

"哎哟,你哪来那么多钱啊? ……我打破玻璃,你装作没钱,你,你怎么这么……"小诸葛眼睛都变圆了,嘴巴像被塞进了一个大苹果。

李珈伊的手指在腿上比画着,清秀的面容又蒙上了一层面纱:"就这点不够,我只有八百六十块,加在一起还不够。小诸葛上次修水管姑父给了两百,好像只剩下一百多了。可兰花要三千多呢!那詹奇乐要出一千四百多呢。"

詹奇乐的脸上划过一丝笑意,她从裤袋里掏出一个大皮夹,慢慢拉开拉链,把钱亮了出来,脸上的得意随着微风扬了起来:"三千!"

第三天,晨光拉开了黑夜的帷幕,照亮了大地,把阳光洒在了他们买来的那株兰花上。

电话铃声响了,是李珈伊爸爸。

李珈伊半倚在门前,握着屏幕暗下去的手机,像一只疲惫的小鹿。因为爸爸刚刚打电话来,说已经在路上了。她拎着一个布口袋,穿得简简单单,头发带着刚洗过的檀香味。她真舍不得离开这里,她讨厌城市抬头只能看到四四方方的天,讨厌那些踩着高跟鞋,面容精致的"假人"消失在高档公司,冷漠得只能看到前方的道路。

所有美好的回忆,被时间的针线缝进自己的生命里。

那辆小车呼啸着从远方驶来,每一次与地面有力的摩擦都像轧在李珈伊心里。爸爸走下车,客套了几句,拍了拍李珈伊的肩膀,说:"走喽。"

诸葛老师笑着说："小才女,再见,加油哦!"李珈伊报以温润的笑。

　　一个温柔,有灵性的女孩被吞没在青翠欲滴的山脉。

　　詹奇乐想,下一个就是自己了。

　　她从来就是一个不起眼的女生,有时自己都会觉得自己的存在稀薄得像青藏高原的空气。但她是薄荷般清新脱俗的女生,在腐朽的世界里叮当作响的银铃,走到哪儿都是笑声一片。

　　她苦笑,像一碗青橘子汁。

　　小诸葛看着詹奇乐钻进自家车,心里闷得慌,将苦涩压在心里,将笑意摆在脸上,心在慢慢下沉。

　　他扭头看看最骄傲的女孩——

　　许路默然地遥望着面前这条淡灰色的公路,耳里塞着白色耳机,瞳孔偶尔闪过几丝光,却又像夏日夜晚的萤火一般微弱。她的衣服上别着一小朵香奈儿山茶花胸针,她犹如一只总昂着脖子的天鹅。

　　暗红色小轿车驶来,许路径直走到小诸葛面前,说:"开学见!"声音带着一种沙哑的柔美,仿佛在诠释中世纪某个古典故事。

　　全走了,又剩他一个人了。小诸葛抬起头,揉着自己硬邦邦的脸。

　　好安静啊。

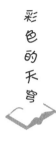

　　小诸葛坐在爸爸那狂吼而颠簸的车上,恹恹欲睡,却好像丢了什么,就是睡不着。外面依旧阳光灿烂,他想起一路上的梦想,酸涩,喜悦,兴奋,骄傲……像一瓶药水,流进他的血脉。

　　这个总是笑着的男生,终于忍不住哭了。

　　姑姑和姑父站在路边,翘首相送。忽然间没了孩子们的喧闹,他们的心忽然好像什么都没有,空落落的。待到姑父转身走上楼,才忽然发现一个美丽的大花盆,花盆里有一株亭亭玉立的兰花,在傲然微笑!

　　"哦,这些傻孩子啊! 怎么能买那么贵的花!"姑父坐在沙发上,呆了好半天,琢磨着要么把花给退了,要么把钱还给这些孩子。